Michael Ziegelwagner

SEBASTIAN
FERIEN IM KANZLERAMT

Roman

Milena

INHALT

Dolly war überglücklich. Sprecherin der vierten Klasse!
Sie hatte immer gewünscht, einmal ein solches Amt zu bekommen.
Zum ersten Mal hatte sie nun die Chance, und sie wollte die beste
Sprecherin werden, die die Klasse je gehabt hatte!
Enid Blyton, »Klassensprecherin Dolly«

Man muss das Triviale benutzen, um das Erhabene
auszudrücken: das ist die wahre Kunst.
Jean-François Millet

Ich sage das ganz bewusst.
Sebastian Kurz

Ein Junge namens Niemand

Malerisch räkelte sich das große, schlossähnliche Gebäude im Morgendunst. Mit großen, unsichtbaren Händen zupfte der Herbstwind die Wolken in handliche Portionen und räumte sie von links nach rechts. Die Luft roch nach Schulbeginn und Kreidestaub und Haargel.

Vor dem Schloss stand ein schlaksiger Junge, stützte sich auf seinen Trolley und staunte.

Das war sie also, dachte er: seine neue Heimat. Was für ein prächtiger Bau! Der Junge legte den Kopf in den Nacken: Gleich vier Türme erhoben sich hoch in die Luft hinauf, mit flatternden Flaggen. Und seine Augen leuchteten bei dem Gedanken, dass er bald in einem dieser vier Türme wohnen werde. Von dort oben, dachte er, war der Blick bestimmt herrlich! Wie überlegen musste man sich fühlen, wenn man von dort aus auf die übrige Welt heruntersah! Und was für ein vornehmes Stück Architektur das Ganze überhaupt war, ein richtiges ehrwürdiges Palais, wahrscheinlich aus dem Palaisozän: barock verziert mit Giebeln, Stuck und Speckstein, mit Simsen und Pilastern und vergitterten Segmentfenstern, herabzwinkernden Ochsenaugen und Konvexbögen und Spiegelgewölben und Kartuschen aus dem 17. Jahrhundert; wirklich sehr beeindruckend, dachte der Junge mit Kennermiene und wischte die vielen Informationen, die er auf seinem Smartphone darüber gefunden hatte, beiseite.

Aber auch der Park konnte sich sehen lassen. In der Allee aus Lindenbäumen konnte man bestimmt prima Wettlaufen spielen, »Räuber und Gendarm« oder Auf- und Abwandeln und Abzählreime auswendig lernen. Die Ecke unter der Regenrinne bei den Mistkübeln – sah sie nicht genauso aus, als würden dort die schlimmen Schüler heimlich ihre Zigaretten rauchen? Und dort oben, hinter den breiten, spiegelnden Fenstern, dort fanden bestimmt die Abschlussprüfungen statt! Gewiss würde dort Blut und Wasser geschwitzt, hoho, würden die Dummen von den Tüchtigen geschieden, wie es sein sollte, und mancher Taugenichts mit Bomben und Trompeten durchfallen! Der Junge freute sich und fühlte sein Herz erwartungsvoll pochen, als säße er selbst bereits vor der Prüfungskommission, und heldenmütige Schauer brandeten ihm über den Rücken.

Das war es also: Schloss Ballhausplatz. Sein neues Zuhause. Viele große Männer haben hier fürs Leben gelernt, dachte er. Sie sind durchs Schultor hineingegangen, so wie ich jetzt, jung und unschuldig, und wenige Jahre später wieder herausgekommen: ernst, erwachsen, bis über beide Ohren vollgepfropft mit nützlichem Wissen und Kompetenzen und jeder Menge Connections … Oh, er wollte sich fleißig Mühe geben! Und dann gleich ein Studium absolvieren und hinterher eine Eigentumswohnung, mit einem Planschbecken davor, als Wertanlage. Das war er seinen armen Eltern schuldig.

Ja – die Eltern. Der Junge zog den Anorak enger um den Brustkorb, in dem es plötzlich ähnlich herbst-, nein, herzbewegend stürmte wie draußen im Freien. Vor ihm lag die neue Heimat – auf unbegrenzte Zeit … Ach, und er war doch niemals länger als zwei Wochen fortgewesen! Sein Herz bäumte sich auf, als ihm die liebe Wohnung einfiel, in der sein Vater jetzt in der Eckbank hockte, bieder, die Pfeife im Gesicht, und seinen Sohn vermisste; und die Mutter daneben, wie sie eine Hand auf der Schulter vom Vater hatte, die Tränen unterdrückte und dabei eine Strumpfhose strickte oder eine Wollhaube, irgendwas Warmes jedenfalls, um es dem Jungen ins Internat nachzuschicken – ja, einhändig, die Mutter konnte das, die Mutter konnte alles …! Ade, du liebe Wohnung, dachte er jetzt mit Herzquietschen und wischte sich eine Träne von der Nasenspitze; fahr hin, du Kinderzeit, macht's gut, ihr Eltern mein! Ade! Ihr sollt es einmal besser haben als ich. Und es kam ihm vor, als ob es gestern gewesen sei, dass er Abschied genommen hatte; dabei waren es erst fünfzehn Minuten. So schnell war die U-Bahn in Wien.

Ein Räuspern riss ihn aus seinen Gedanken. Er fuhr herum.

»Na, junger Herr? Gedenken junger Herr näherzutreten?«

Der kleine graue Mann mit dem Käppi, der neben dem Schultor auf der Gartenbank kauerte – war der die ganze Zeit schon dagewesen? Der Junge wurde rot. Wie peinlich! Da hatte ihm jemand beim Weinen zugesehen – und noch dazu so ein seltsamer kleiner, höchstwahrscheinlich auch schmutziger und etwas kranker Mann! Klar, das würde wieder gegen ihn verwendet werden, »Verweichlichter Musterschüler im Tränenrausch« oder so, er sah die Schlagzeile schon vor sich – genau wie auf seiner alten Schule, aus der er wegen seiner Nachdenklichkeit, seines großen Herzens für Tiere und seiner leichten Rührbarkeit hinausgemobbt worden war …

Oder war es diesmal anders?

Der Junge rubbelte seine Augen.

Wie ein Schülerzeitungsredakteur sah der Zwerg nämlich eher nicht aus.

Eben stemmte er sich hoch, schwer atmend und eifrig. Dabei zog er das Käppi herunter und hielt es sich vor den Bauch, wobei ihm mehrere beflissene Geräusche entwichen, »Ah« und »So« und »Hm«, um sein Aufstehen akustisch einzurahmen. Nein, begriff der Junge langsam, das war kein Feind. Das war bestimmt kein Redakteur oder sonst ein Intrigant, dafür war der fremde Mann viel zu alt und zu harmlos und auch zu klein mit seiner runden Brille und dem freundlichen Kuckucksgesicht ... Das war niemand, dachte der Junge, höchstens der Hausmeister oder sonst jemand vom Personal. Und er verneigte sich.

»Guten Morgen, freundlicher Proletarier«, sagte er. »Könnten Sie mir wohl sagen, wie ich in den zweiten Stock komme? Zur Oberprima?«

Streng genommen hätte er dafür keine Anleitung gebraucht; hinter der Schultür würde gewiss ein Stiegenhaus auf ihn warten, und wie man Stiegen benutzte und Stockwerke abzählte, das hatte er gelernt. Aber – da war etwas in ihm, das Menschen immer einbinden wollte. Ein Herzensdrang, ein Wille, sich bei anderen zu versichern, dass sein Weg der richtige war. Und außerdem konnte man einfachen Menschen eine einfache Freude machen, indem man ihnen einfache Fragen stellte.

Im Alten begann es zu denken. »Die Oberprima?«, brummte er und streichelte sein Käppi. »Freilich. Wenn junger Herr eintreten, werden junger Herr gleich eine große Anzahl Stufen sehen. Wenn junger Herr sich diese hinaufzubequemen geruhen, über zwei Stockwerke«, er trat zutraulich näher, und der Junge wich lächelnd zurück und begann, durch den Mund zu atmen, »dann ist der Klassenraum gar nicht zu verfehlen. Zwei Stockwerke. Junger Herr sind bestimmt, nun ...«, er wrang nach Worten und zugleich das Käppi zwischen seinen Händen,

»… sind gewiss der Neue, von dem man schon so viel gehört hat?«

Der Junge verbeugte sich. »Nur das Beste, hoffe ich.«

»Auf Schloss Ballhausplatz kommen ohnehin nur die Besten«, sagte der Hausmeister freundlich. Er schob seine Kopfbedeckung wieder dorthin, wo sie hingehörte, und der Junge sah eine kleine Feder daran wackeln. Artig verbeugte er sich ein drittes Mal. Als er sich wieder aufgerichtet hatte, war der Kleine mit dem Käppi verschwunden.

Was für eine merkwürdige Erscheinung.

Davon musste er unbedingt seinen Eltern erzählen.

Seinen Eltern …

Noch einmal drehte er sich um und warf einen letzten Blick zurück auf den U-Bahn-Aufgang. Wo war er stehen geblieben? Richtig, beim Hadern und Abschiednehmen. Also: Noch war es nicht zu spät, umzukehren! Zurück zu den Eltern, die er vielleicht niemals, niemals wiedersehen würde! Da war die Rolltreppe, die ihn heraufgetragen hatte und ihm jetzt traulich zuratterte und -murmelte … Er klaubte sich eine zweite Träne aus dem Gesicht: Wer konnte wissen, wie lange sein Bildungsweg werden würde und wie steinig? Wie alt die beiden Alten, wenn er wiederkehrte? Wiederkehrte als Stütze der Gesellschaft zweifellos, respektiert, akademisch geprüft, liquide, und sie aber weiterhin die unterprivilegierten armen Schluckspechte; er elegant, weltgewandt, sprachgewandt, im Markengewand, und sie stur unverändert die schlichten, primitiven Dummköpfe, die kein bisschen berühmt waren und ihren einzigen Sohn mit Disziplin, Eckestehen und fetter Mehlsuppe aufgezogen hatten, weil sie es nicht besser wussten noch wissen wollten – was sie aber bald bitter bereuen würden, ha! Denn wer war er denn, sie dann immer noch zu besuchen? Wer würde er sein, an die zwei Grobiane in ihrem schäbigen Knusperhäuschen auch nur einen Gedanken zu verschwenden? Sich vielleicht noch die Hosenbeine zu beschmutzen an dem Dreck und Kot, in dem sie hausten? Und recht geschah ihnen damit, dachte er grimmig, hundertprozentig recht, sollten sie doch verschimmeln, die beiden Plagegeister – mich aber, den hoffnungsvollen Knaben Sebastian, mich trägt die neue Zeit! Und er packte wutentschlossen seinen Trolley und stapfte auf die Schule zu.

So ein Wirbel!

Das Klassenzimmer der Oberprima brodelte wie ein Stromkasten voller Bienen. Drei Sachen waren gleichzeitig passiert:

A.) hatte schon wieder der dicke Harald dem kunstsinnigen Gernot das Jausenbrot fortgefressen. »Ich kann doch nichts dafür«, ächzte es aus dem Schwergewicht, »das ist sozial bedingt, meine Eltern können sich einfach kein Magenband für mich leisten!« Typisch Harald – nie um eine Ausrede verlegen! Aber das nützte ihm gar nichts, denn auf seinem Rücken hatte der wütende Gernot Platz genommen und würgte ihn mit seinem typischen Künstlerschal. Hören und Sehen vergingen dem Dicken dabei! So hatte er es sich nun wahrlich nicht vorgestellt, den Hals »vollzukriegen« …

B.) trieben die drei Klassenrowdys Herbert, Norbert und Rohbert ihr böses Spiel mit Efgani. Der Türkenknabe nämlich hatte statt einer Wurst- oder Leberkäsesemmel von seiner Mutter wieder einmal nur Dönerabfälle mitbekommen. Na, wenn das nicht den Spott der drei bösen Berte auf den Plan gerufen hätte, wär's sehr untypisch gewesen! »Hamm-hamm, mjam-mjam, Lamm ist nicht haram-ram!«, keckerten sie gemein. Dabei umtanzten sie Efgani und machten islamische Bet-Bewegungen in seine Richtung …

Drittens aber war C.) der patenten Elisabeth mal wieder der Kragen geplatzt, weil sie fand, dass die schüchterne Kira, die seit

Neuestem im Rollstuhl saß, das Quotensystem der Schule missbrauchte: »Pfui, wie hässlich von dir!«, empörte sie sich. »Du weißt genau, dass unsere Anstalt Platz für drei Mädchen pro Klasse bereithält, aber nur für einen Rollstuhlfahrer! -fahrer, wohlgemerkt, nicht -fahrerin! Aber als wäre der feinen Dame ihr Vagina-Bonus nicht schon Absicherung genug, fährt sie jetzt zweigleisig, spielt die Rollstuhlkarte und nimmt damit einem armen männlichen Behinderten den Platz weg – na, mir langt's jetzt, Leute, das ist doch pervers, wir müssen endlich loskommen von diesem verkrampften Quotendenken! Wenn man früher als Mädchen aufs Gymnasion gewollt hat, hat man sich einfach als Junge verkleidet, und hat es uns geschadet? Von wegen! Ein herrlicher Spaß war das! Allein die Verwirrungen beim Duschunterricht! Aber heute, in dieser Meinungsdiktatur der Selbstmitleidigen, geht alles den Fluss runter! Stimmt's, Mädels? Stimmt's?«

Natürlich erhielt Elisabeth darauf keine Antwort – von welchem Mädel auch? Von der schüchternen Kira etwa? Die saß in ihrem Rollstuhl und schaute auf ihre Knie, und alles, was man mit viel gutem Willen aus ihr heraushören konnte, war das dahingegrummelte Fragment: »… lieber körperbehindert als geistig beschränkt …«

Na, das war ja wieder mal was! Alle Wetter! Das war ja mal wieder typisch für alle, oder genauer gesagt: Jedes Verhalten von jedem Einzelnen war wieder mal typisch für den Betreffenden! Und in Summe herrschte dadurch also ein Höllenlärm, ein Hexensabbat, ein Veitstanz und Riesenwirbel, als der neue Schüler Sebastian seine Nasenspitze zum ersten Mal durch den Türrahmen steckte und gleich dachte: O je! Wie soll jemand diesen riesigen Kuddelmuddel nur bändigen?

Aber da hatte er die Rechnung ohne den Rechenlehrer gemacht! Genauer gesagt, ohne Professor Rudolf Koffner. Wie ein Rechenengel oder Racheengel stand dieser nämlich plötzlich hinter Sebastian in der Tür, brüllte »Ruhe, Ruhe!« und stieß den neuen Schüler zur Seite: »Ihr Malefizbengel, ihr! Ihr Lausekerle! Ihr Produkte von Pubertät und Übermut, ihr Quotienten aus Bildungsmisere durch Verlotterung! Das ist ja wieder mal typisch für jeden Einzelnen von euch, sich genau so zu verhalten, wie es typisch für ihn ist! Na wartet …«

Und jetzt brach die irdische Gerechtigkeit los! Denn jetzt begann Professor Koffner aufzuräumen, dass es nur so staubte: streng, aber gerecht! Dafür war er schließlich da, und dafür war er bekannt. Sebastian musste unwillkürlich an den alten Kinderreim denken:

Ach, was hört man oft von blöden
Schülern blöken oder reden,
wie zum Beispiel hier von diesen,
welche Oberprima hießen.
Frech sind sie und keck und bös,
und ihr Lärm und ihr Getös
macht den Lehrern mächtig Stress.
Dabei gilt doch Folgendes:
Nicht allein das Einmaleins
ist was Schönes und was Fein's,
nein: Auch Sitten und Manieren
sind es, die den Menschen zieren.
Damit dies in Ordnung war,
war Professor Koffner da.
Nun war dieser brave Lehrer

von dem Zücht'gen ein Verehrer,
was man einem alten Mann
hin und wieder, dann und wann,
in des Alltags Müh und Plag
herzlich gerne gönnen mag.
Ei! Wie flogen da die Fetzen
zu der Schülerschar Entsetzen:
Patsch und Klatsch! So lernt man zählen,
und die Sittlichkeit zu stählen.
Bauz! Da fackelt man nicht lange:
Bumsti! Faust begegnet Wange.
Und schon fliegt das Tintenfass
läuternd durch die ganze Klass,
dass die Striemen, Schrammen, Schmisse,
Beulen, Dellen, Risse, Bisse,
Kratzer, Patscher, Watschenspuren,
Wunden, Blasen und Blessuren
niemals ganz zum Heilen kommen.
Dieses tat dem Koffner frommen,
weil er wusste: Nur Vertrimmen
impft das Bravsein in die Schlimmen,
und der Schlimme kann erbraven
nur durch Strafen, Strafen, Strafen …

… na, und wie das Professor Koffner »frommte«! Puh! Und mit
welcher Präzision der strenge Mathematiker zu Werke ging!
Sebastian konnte es eigenäugig mitansehen:

Wie als erstes dem dicken Harald eine Backpfeife verabreicht
wurde, dass ihm der dünne Gernot in hohem Bogen vom Rücken flog: die Lösung von Problem A.); hernach Rollstuhl-Kira

Jetzt begann Professor Koffner aufzuräumen, dass es nur so staubte!

mit einem beherzten Tritt in eine Ecke des Raumes befördert ward, möglichst weit weg von der patenten Elisabeth – Problem B.) war damit ebenfalls ausdifferenziert –; und auch die drei bösen Berte ihr gerechtes Fett abbekamen und von Koffner mit Fausthieben in ihre Bänke getrieben wurden, wo sie sich maulend duckten und begannen, Runen in die Schreibplatten zu schnitzen. Danach war aber immer noch genug Energie im Professor, um sich Efgani vorzunehmen – und, eieiei!, der arme Türkenteufel kriegte es hageldicht. Für ihn krempelte Koffner die Ärmel noch einmal extraweit auf, was aber freilich nur fair zuging, weil der Schlingel doch qua Herkunft schließlich viel mehr gewohnt war als die anderen Kinder – und demgemäß auch um einiges mehr vertrug …

Und zwar um ungefähr dreißig Prozent mehr, schätzte Sebastian, der sich die Prozedur genau anhörte. Sehen konnte er nichts, denn er hatte seine Augen hinter der rechten Hand versteckt – was für unschöne Bilder! – und er blinzelte erst heraus, als das Klatschen und Jaulen allmählich verhallte. Da stand Professor Koffner und schüttelte seine Arme aus. Fast war es geschafft. Nur die Unruhestifter Elisabeth und Gernot fehlten ihm noch.

»Elisabeth und Gernot!«, rief Koffner und krempelte die Ärmel wieder lang. »Von euch beiden hätte ich solch ein Verhalten nicht erwartet. Ich bin sehr enttäuscht! Zur Strafe seid ihr heute den ganzen Tag vom Tafeldienst suspendiert. Kira!«, entschied er nach kurzem Nachdenken. »Du springst ein. Los! Flugs nach vorne gerollt und alles blank gewischt!«

Und Kira gab sich redlich Mühe. Sie putzte wirklich fleißig, aber natürlich erwischte sie nur die untere Hälfte der Tafel. Professor Koffner sah sich das eine Weile vom Lehrertisch aus an, dann schickte er das Mädchen wieder auf seinen Platz zurück. »Na, genug, das wird reichen. Wir haben durch eure Krawallmacherei ohnehin eine Menge Zeit verloren. Und unser Unterrichtsstoff wartet nicht!« Er ließ seinen Blick noch einmal durch die Klasse wandern und blieb an Sebastian hängen, der immer noch im Türrahmen stand. »Du!«, rief er fingerschnipsend. »Wer bist du?«

Sebastian schluckte. »Ich bin der Neue.«

»Ach ja, richtig. Sebastian, nicht wahr? Setz dich doch bitte gleich einmal in die erste Reihe und lass hören, was du kannst.«

Eine Prüfung? Sebastian wurde leichenblass. Eine Prüfung am ersten Schultag? Aber er war doch gar nicht präpariert! Mit Schrecken hörte er, wie schadenfrohes Getuschel in der Klasse laut wurde.

»Nun, also was ist denn, Junge?« Koffner begann ungeduldig auf den Tisch zu trommeln. »Dort neben Elisabeth ist noch ein Platz frei! Auf geht's! Vielleicht beginnst du am besten mit dem Logarithmieren. Was versteht man darunter?«

Ganz langsam schritt Sebastian auf die Bank zu, um Zeit zu gewinnen. »Logarithmieren!«, wiederholte er und kratzte sich an der Stirn. Oh, wenn ihm nur keiner anmerkte, dass er nicht präpariert war! »Ein wichtiges Thema, Logarithmieren, danke für diese Frage. Wenn Sie mir kurz erlauben, Herr Professor, ein bisschen auszuholen … ein Satz nur, zur Klarstellung, denn da werden gerne Dinge durcheinandergeworfen. Es wäre zum Beispiel ganz verfehlt, Logarithmen mit Algorithmen zu verwechseln, wie das viele Schüler gerne tun. Gute, fähige Professoren, Experten, wie sie hier an dieser Schule zweifellos am Werk sind, legen allerdings auf den Unterschied großen Wert – zwischen Logarithmen einerseits und Algorithmen andererseits –, denn was unterschiedlich ist, das darf man nicht mit Gewalt gleichmachen, da sind wir uns, glaube ich, alle einig. Das ist der eine Punkt. Algorithmen also, um das kurz zu erklären, sorgen beispielsweise dafür, dass ich in meinem Newsfeed nur wichtige, relevante Themen angezeigt bekomme, Themen, die mich auch betreffen in meinem Interesse, und das ist auch gut so.«

Professor Koffner hatte die Stirn in Runzeln gelegt.

»Erzähl mir etwas über Kegelschnitte«, sagte er. »Und setz dich hin!«

»Kegelschnitte«, wiederholte Sebastian und breitete seine Arme aus. »Ganz anderes Thema, aber ein gutes Thema. Wir sollten dafür zuerst einmal festhalten, dass Kegel spitz zulaufende Figuren sind.« Er bildete mit den Händen ein Dach. »Dreidimensionale Figuren, auch *Körper* genannt, spitz zulaufende Körper. Also Formen, oder auch Gebilde, wenn Sie so wollen. Einigen wir uns der Einfachheit halber auf ›Figuren‹. Allgemein bekannt sind diese kegelförmigen Figuren – oder Körper – aus dem Sprichwort ›Kind und Kegel‹, aber anders als Kegel haben Kinder besondere Pflege nötig, Geduld, Förderung, aber auch Disziplin. Da sind wir bestimmt einer Meinung, dass es dafür Lehrer braucht, die sich nichts gefallen lassen, Lehrer, die sich Gehör verschaffen können, wenn's nötig ist, mit Maß und Ziel natürlich, aber die sich nicht auf der Nase herumtanzen lassen von, ich sag's einmal salopp formuliert, ein paar frechen Lümmeln.«

Hinter Sebastian war das Getuschel lauter geworden. Koffner hatte sich halb hinter seinem Schreibtisch erhoben. »Ruhe! Ruhe!«, sagte er scharf und klopfte auf den Tisch. »Ein Letztes: Du hast zwanzig Äpfel. Jeder dieser zwanzig Äpfel ist entweder reif oder unreif, und von den reifen ist jeder zweite wurmstichig.

Wie hoch ist die Wahrscheinlichkeit, Bauchweh zu bekommen? Und wie ändert sich diese Wahrscheinlichkeit mit jedem gegessenen Apfel?«

»Die Veränderung der Wahrscheinlichkeit«, sagte Sebastian und streckte Koffner respektvoll seine Arme entgegen. »Eine spannende Frage. Wie jede Veränderung ist auch diese zuallererst ein Abrücken vom Status quo. Ein Beibehalten des Status quo, wenn Sie erlauben, bedeutet schließlich immer Stillstand, Beharrung. Und wir wollen mit unserem Denken und Rechnen ja schließlich weiterkommen, wieder an die Spitze der Denkenden und Rechnenden, wenn Sie so möchten, an die Spitze der Schule. So viel Ehrgeiz darf schon sein. Mir ist wichtig, dass der Stillstand überwunden wird. Wenn wir uns aber erst einmal entschlossen haben, dass wir Veränderung *wollen*, nämlich als klares Bekenntnis und als klares Signal gleichermaßen«, Sebastian imitierte ein Signal-Blinken, indem er die rechte Hand mehrmals öffnete und schloss, »dann steht der Veränderung nichts im Weg. Die Zeit wartet nicht auf uns. Veränderung lässt sich nicht aufhalten, und …«

Aber jetzt waren das Gezischel und Geraune hinter ihm so stark angeschwollen, dass er sein eigenes Wort nicht mehr verstehen konnte. Selbst der Professor drang nicht mehr durch. »Ruhe!«, rief er laut und schlug heftig auf den Tisch (und einmal auch auf den Kopf von Harald), »Ruhe, Ruheruheruhe! Man versteht ja seine eigene Prüfung nicht mehr! Werdet ihr wohl still sein, ihr Saubande, ihr Rabaukenhaufen, Radaubrüder, Radaubaukenhaufensaubandenhausaufen …«

Sebastian presste die Lippen aufeinander. Wie gemein das war, ihn nicht aussprechen zu lassen! Aber was hätte er tun sollen? Eine Büroklammer traf ihn von rechts. Zornig wandte er sich um und sah die drei Berte, wie sie feixten. Einer von ihnen stürzte noch im selben Moment aus der Bank, ausgeknockt von Professor Koffners geschleudertem Schuh.

Mitten in das anschwellende Klassengebrüll aber erscholl die Pausenklingel wie eine Erlösung. Sebastian sprang zur Tür, raffte seinen Trolley an sich und hastete hast-du-nicht-gesehen nach draußen.

Freundschaft – und mehr …?

Schluchzend lag Sebastian auf seiner Matratze im Schlafsaal. Fest hielt er seinen Trolley umklammert, seine Brust hob sich wie eine motorisierte Weinpresse. Immer wieder schüttelte es ihn, sodass er im Bett hin- und herrollte wie eine Dampfwalze. Oh, liebe Leserinnen, liebe Leser, wenn ihr den armen Tropf jetzt nur hättet sehen können! Ob er euch ebensosehr leidgetan hätte wie mir? Bestimmt!

»Diese grässliche Klasse!«, wimmerte er und boxte gegen das Seitenfach seines Trolleys. »Verspottet mich – nur weil ich der Neue bin! Tuschelt hinter meinem Rücken! Bewirft mich mit Gegenständen!« Dabei zog er das Wurfgeschoß der drei bösen Berte hinter dem Ohr hervor, die kleine, zu einem hakenförmigen Kreuz gebogene Büroklammer.

Unablässig feuerten seine Augen Tränen heraus. Dass so viele Tränen überhaupt in einen einzelnen Jungen hineinpassten! Dass die alle zuerst in ihm dringewesen waren, bevor sie herauskamen! Weinend fiel ihm ein, dass der Mensch zu achtzig Prozent aus Flüssigkeit bestand – ob davon noch viel in ihm übrig war? Und was passierte wohl, wenn er erst einmal alle achtzig Prozent herausgeweint hatte? Würde er dann überhaupt noch er selbst sein, wenn sich doch der Großteil seines Körpers *außerhalb* des Körpers befand? Gut, dass solche schwierigen Fragen nicht im Unterricht vorkamen! Schluchzend und ein bisschen heroisch beschloss Sebastian, seinen Flüssigkeitshaushalt in der nächsten Woche sorgsam im Auge zu behalten und vor allem das Masturbieren ein wenig einzuschränken.

»Ob ich nicht einfach zu Vater und Mutter zurückgehen soll?«, dachte er hoffnungsvoll und betrachtete die Büroklammer. »So arm und prekär scheinen sie mir jetzt gar nicht mehr. Immerhin bemühen sie sich! Dass sie geradezu in Schmutz und Elend hausten, könnte man nicht behaupten. Sind sie nicht eher: Mittelstand? Solider Mittelstand? Zwei Einkommen, ein Carport, ein Abo im Fitnessclub, jedes Jahr ein Fernurlaub … Darauf lässt sich doch aufbauen, oder? Das ist doch zu ertragen, verdammt noch mal«, dachte er und schrubbte sich die Tränen weg. Ja, diesen bescheidenen kleinen Wohlstand musste er sich immer vor Augen halten! Immer, wenn es hier an dieser grässlichen Schule unerträglich wurde, musste er fest daran denken, dass er – frei war! Dass er gehen konnte, zurück zu den Eltern, wann immer er wollte! So war es ja mit dem ganzen Leben: Man konnte sich jederzeit daraus verabschieden. Deshalb hatte es ja auch gar keinen Sinn, immer Vorsicht und Behutsamkeit walten zu lassen – nein, man musste tapfer sein, alles aufs Spiel setzen, mit allerhöchster Karte spielen, auf Risiko gehen, mit brennendem Herzen – denn im Notfall konnte man immer noch radikal Schluss machen, alles hinwerfen – Cut! –, mit großartiger Geste in das Fenster dort klettern beispielsweise, der Welt seine Verachtung entgegenschleudern und sich dann hinabstürzen, unten standen ohnehin die Eltern mit einem großen Sprungtuch und fingen einen auf …

»Nun, ich sehe, junger Herr haben das innere Gleichgewicht wieder errungen?«

Erschrocken steckte Sebastian die Büroklammer hinters Ohr

zurück und richtete sich auf. Was war das gewesen? Diese Stimme kannte er doch! Da stand einer am Fenster! Und jetzt sah er auch einen Rücken, einen blauen, der über die Heizung gebeugt war. Oben blitzte das Käppi mit der Hahnenfeder auf … und auch aus dem Hosenbund blitzte etwas. Der übliche rückwärtige Hosenbund-Ausschnitt, das Dekolleté der Bauarbeiter und anderen Lohnabhängigen. Und offenbar auch der Hausmeister! Sebastian musste lächeln.

»Keine Angst, junger Herr«, sagte der Hausmeister, richtete sich auf und putzte seine Knie ab. »Ich habe nicht gesehen, wie Sie erneut geweint haben. Im Gegenzug haben Sie meinen Toilettefehler nicht bemerkt, ja?«

»Toilettefehler?«, fragte Sebastian mit erstickter Stimme. »Haben Sie denn das Klo falsch repariert?«

Der Hausmeister schmunzelte. »Toilette ist ein anderes Wort für die Aufmachung. Die Bekleidung.«

»Ich weiß.« Sebastian nickte rasch. »Man betont das Wort allerdings anders. Aber darf ich fragen, was Sie hier zu tun haben?«

Der Hausmeister griff an den Schirm seines Käppis. »Das Einzige, was ich hier dringend zu tun habe, ist, dem jungen Herrn einen Rat zu geben – mit Erlaubnis. Und zwar den Rat, nicht zu verzweifeln. Gegenwind gehört dazu, vor allem wenn man neu ist. Und Gegenwind macht stark. Entscheidend ist, wie die Geschichte urteilt. Und Sie möchten doch das Urteil der Geschichte abwarten, oder nicht?«

»Möchte ich das?«, fragte Sebastian verzagt und streichelte den Haltegriff seines Trolleys.

»Aber sicher möchten Sie das.«

»Und der Gegenwind? Was ist, wenn er zu stark wird?«

Der Hausmeister lächelte wieder. »Vergessen Sie nie: Selbst in einer so wilden, verrückten Klasse wie der Ihren gibt es Verbündete.«

Sebastian lächelte unsicher. Er hatte wieder begonnen, flach zu atmen, aber trotz der stickigen Luft im Schlafsaal konnte er an dem Hausmeister keinen unangenehmen Geruch wahrnehmen. Auch Schweißflecken sah er keine an ihm.

»Sie müssen nur die Augen offenhalten, Herr Sebastian. Gleichgesinnte erkennen einander, das ist das Gesetz der Natur. Und außerdem haben Sie, junger Herr, eine Gabe … die Gabe, den Menschen zuzuhören. Den Menschen ins Herz zu blicken. Vertrauen Sie mir: Die, die heute lachen, werden morgen Ihre glühendsten Unterstützer sein.«

»Es fällt mir schwer, das zu glauben«, sagte Sebastian.

»Sie werden es bald merken.« Der alte Mann trat an das Bett heran und legte Sebastian die kleine magere Hand auf die Augen. »Und nun schlafen Sie ein wenig. Große Dinge stehen Ihnen bevor. Entscheidende Prüfungen …«

Entscheidende Prüfungen! Ob sich Professor Koffner wohl wieder etwas einfallen lassen würde? Sebastian schob die Hand des Hausmeisters weg. »Prüfungen? Was meinen Sie mit —«

»Sebastian? Mit wem sprichst du?«

Das schwarzhaarige Mädchen war eingetreten. Schüchtern stand es im Türrahmen. Sebastian sah auf und bemerkte, dass der Hausmeister verschwunden war.

»Nichts, niemand«, murmelte er verwirrt.

»Ich habe mir gedacht, dass du hier bist«, sagte das Mädchen und legte scheu die Hände zusammen. »Mein Name ist Elisabeth. Ich wollte dir nur sagen … wie toll ich es fand, dass du heute dem alten Koffner die Stirn geboten hast. Wie ein Held.«

Sie lief rot an und sah zu Boden.

Sebastian wurde ebenfalls rot. Komplimente konnte er nicht vertragen. Schnell wechselte er das Thema. »Geht es bei euch in der Klasse denn immer so rau zu, Elisabeth?«

»Oh, oft noch viel schlimmer!«, rief Elisabeth eifrig. »Wie bei den Hottentotten.«

»Was ist das für eine Klasse?«, fragte Sebastian. »Komm, erzähl es mir bitte.«

Da sprang Elisabeth scheu wie ein schwarzhaariges Reh durch den Schlafsaal und warf sich zu ihm aufs Bett. Sebastian wurde heiß. Die ging aber ran! Er begann sich zu fragen, ob sein vorhin so leichtfertig ausgerufener Masturbationsverzicht wirklich im Sinne des ganzheitlichen innerkörperlichen Wohlbefindens war oder nicht doch eher ein symbolpolitischer Schnellschuss, der halt gut klang, reiner Populismus also; schließlich ließ sich ein tränenbedingt verminderter Flüssigkeitshaushalt doch bestimmt auch anders lösen und mit ein bisschen extra Mineralwasser leicht wieder auskleiden beziehungsweise, wie das viel richtigere Wort lautete: auskleiden, nein verdammt, ausgleichen, ausKLEI-, ausGLEICHEN …!

Elisabeth hatte im Schneidersitz Platz genommen. Keck ragte ihr Knie. »Also«, begann sie. »Da wäre einmal der kunstsinnige Gernot, der sich immerzu in den Vordergrund spielt. Ich glaube, dass er einfach seine große Unsicherheit verdecken muss, hinter Angeberei und hinter seinem Schal. Was er benötigt, ist eine starke Freundespersönlichkeit. Dann gibt es den Vielfraß Harald. Er braucht Mäßigung, ein männliches Vorbild, das ihn vom Fressen abhält und seinem Leben ein Ziel gibt. Efgani, der stolze Muslim, ist an sich zurückhaltend und zivilisiert, doch manchmal schlägt seine feurige orientalische Natur durch, besonders, wenn er provoziert wird … Kira in ihrem Rollstuhl ist ein harmloses, liebes Ding, das nichts weiß, nichts kann und nichts sagt, und gerade das macht sie zur beliebtesten Schülerin der Klasse, weil man sie so gut manipulieren kann. Ja, und dann gibt es noch die fromme Gudrun. Sie klinkt sich bei jeder Gelegenheit aus und lässt sich entschuldigen. Heute zum Beispiel feiert sie den Märtyrertod der Heiligen Kleopatra und begeht eine Wallfahrt, statt am Unterricht teilzunehmen, mit Erlaubnis unseres viel zu toleranten Direktors … Habe ich jemanden vergessen? Ach, richtig: die drei bösen Berte. Sie sorgen für Unfrieden und Zwietracht, und zugleich hat ihre Meinung Gewicht, weil sich jeder vor ihnen fürchtet. Eine verzwickte Sache.« Elisabeths Augen wurden kämpferisch. »Und dabei sind wir doch alle Oberprimaner! Wir sind alle gleich, vielleicht mit Ausnahme von Efgani, wir sollten eine verschworene Gemeinschaft bilden und Streiche aushecken, eng zusammenhalten, nichts dürfte uns trennen, ein Fleisch müssten wir sein …«

Sebastian hatte ihr nur mit halbem Ohr zugehört. Ihre Stimme roch angenehm nach Katzenminze, dachte er. Und ihr Knie war in erregende Nähe zu seinem Trolley gerutscht. Er starrte auf dieses Knie. Griff plötzlich danach, ließ die Hand entschlossen auf der Kuppe liegen, tastete sich dann höher, bis zum Rocksaum hinauf, streifte Elisabeth den Rock mit einer einzign Bewegung von den Schenkeln; sie ließ es willig geschehen, redete einfach weiter, streckte aber plötzlich ihre Arme aus und zog ihm das Hemd über den Kopf, er riss ihr die weiße Bluse vom Leib, dass die Knöpfe in komplizierten Bahnen durch den Schlafsaal flogen – ihre Münder fanden sich, er scrollte den Bund ihres Unterhöschens hinunter, und dann trieben sie es mit ihren beiden heißen Körpern auf der Matratze, oh, und

Elisabeth röhrte wie ein Staubsauger, und ins Fenster trat als guter Hirte der gelbe Vollmond und gab ihnen lächelnd seinen Segen zu ihrem wildversauten, unbändigen Teenagersex …

»Entschuldige, ich war für einen Moment abgelenkt«, sagte Sebastian und hob den Blick von Elisabeths Knie zu ihrem Gesicht.

»Ich weiß, woran du dachtest«, lächelte sie wissend.

»Echt?«, fragte er und wurde rot.

»Du denkst an die Veränderung.«

»Genau«, sagte Sebastian und wurde wieder rosa.

Elisabeths Miene war fraulich und ernst. »Die Veränderung, von der du zu Professor Koffner gesprochen hast. Das Abrücken vom Status quo! Ich glaube, dass du damit hundertprozentig recht hast. Es braucht Veränderung – wir brauchen Veränderung, als Schüler und als Klasse. Denn mit dem ewigen Stillstand kann es so nicht weitergehen. Wir müssen aufhören, uns gegenseitig zu blockieren, wir müssen einander wieder respektieren, ausreden lassen und –«

»Völlig richtig!« Sebastian nickte heftig. »Ein neuer Stil! Da sind wir uns hundertprozentig einig, dafür stehe ich. Wir brauchen Veränderung, schon allein deshalb, weil es längst Zeit dafür ist. Veränderung, das ist ein mutiger Ansatz, geb ich schon zu, ein ambitionierter Ansatz – aber es liegt auf der Hand, dass es so nicht bleiben kann!«

Aufgeregt stimmte ihm Elisabeth zu. »Aber wir werden die Zustände nur nachhaltig verändern können, wenn wir bereit sind, diese Veränderungen auch aktiv durchzuführen! Wir haben keine Wahl – nur die zwischen Veränderung auf der einen Seite und dem Stillstand, den du ansprichst, auf der anderen, diesem Stillstand, der wie ein dicker grauer Müllberg auf uns liegt und von dem in Wahrheit alle schon die Nase satt haben. Es ist längst Zeit dafür, einen neuen, veränderten Stil zu finden, der nicht der alte sein kann, den wir dafür nämlich hundertprozentig hinter uns lassen müssen!«

»Ja, mit dem alten Stil wird es nicht mehr gehen«, rief Sebastian. »Denn der alte Stil ist der Stil der Vergangenheit, welcher aber nicht die Antwort auf die Zukunft ist. Nicht sein kann! Denn die Veränderung lässt sich nicht aufhalten – schon gar nicht durch Stillstand!«

»Doch was tun?« Elisabeths Augen blickten fragend.

Sebastian zögerte nicht. »Das Richtige«, sagte er mutig. »Wir sind jung, Elisabeth, wir kommen aus einer anderen Generation als andere Generationen, wir denken neu, wir haben, nur ein Beispiel, Smartphones, die Rezepte der Vergangenheit und des Stillstands greifen für uns nicht mehr. Ich sage das ganz bewusst. Ohne Veränderung wird es nicht gehen, das braucht man, glaube ich, nicht extra noch einmal zu erwähnen, das richtige Tun braucht unser ganzes Wollen und Wallen, auch wenn es ambitioniert klingt, da müssen wir ehrlich sein, aber da bin ich optimistisch – mit reiner Verhinderung und Blockadestillstand werden wir nicht weiterkommen und nicht weit kommen, das müssen wir ganz klar sagen. Aber ich bin guten Mutes!«

»Dann will auch ich es sein!«, lachte Elisabeth. Doch plötzlich wurde sie ernst. »Aber was, wenn es zu schwer ist?«, gab sie zu bedenken. »Vielleicht schaffen wir es doch noch ein Weilchen mit dem alten Stil? Können wir nicht vielleicht *doch* ganz bequem, ganz ohne Veränderung, an die Spitze gelangen? Im Schlafwagen gewissermaßen?«

»Ganz sicher nicht!«, rief Sebastian mit heißen Ohren. »Ein Weiter-so, ein Ausruhen auf den verkrusteten Lorbeeren wird nicht mehr gehen, denn wenn wir aufhören, besser zu werden, werden wir anfangen, schlechter zu sein, das ist ganz klar. Wir müssen zuallererst die Lage analysieren – und dann auch ganz bewusst etwas *tun*. Das *Richtige*. Da sind wir uns einig, und da müssen wir ehrlich sein. Nur dann werden wir positiv gestalten können, und nur dann wird die Veränderung nachhaltig sein!«

»Mit der Power des neuen Stils«, sagte Elisabeth. »Gut, dass wir hier einer Meinung sind. Ach, Sebastian!«, jubelte sie plötzlich und strich ihm zärtlich über die Wange, »es ist so inspirierend, mit dir zu diskutieren!«

Sie hatten sich gegenseitig in Hitze geredet, und plötzlich merkten sie, wie der gelbe Vollmond durch das Fenster des Schlafsaals fiel. Beide blickten sie ins Dunkel hinaus. Es war ganz still. Frösche gaben ein Konzert im Garten, und Grillen schlugen dazu die Bratsche.

»Elisabeth«, sagte Sebastian mit leiser Stimme.

»Ja?«

»Glaubst du, dass die Veränderung auch kommen wird?«

»Mit Gottes Hilfe, Sebastian. Mit Gottes Hilfe.«

Unmerklich hatten sie ihre Hände ineinandergelegt.

Sebastian hat den Bogen raus!

Sebastian sprach zu niemandem von dieser Nacht. Zwischen ihm und Elisabeth herrschte aber seitdem ein stilles Einverständnis. Immer, wenn sie einander trafen, im Klassenraum, im Garten oder am Kakaoautomaten, nickten sie einander unauffällig zu. Manchmal zwinkerten sie sogar ganz leicht. Denn sie hatten beide begriffen, dass sie zum gleichen Team gehörten. Was sie noch nicht wussten, war, welches Spiel da eigentlich gespielt wurde, wo die Mannschaften ihre Umkleidekabinen hatten und welche Sponsorennamen sie sich auf ihre T-Shirts nähen lassen sollten.

Von Professor Koffner wurde Sebastian seit seiner missglückten Prüfung in Ruhe gelassen. Offenbar hatte der Klassenlehrer beschlossen, seinen neuen Schüler zu schonen. Nur hin und wieder traf Sebastian ein undeutbarer Blick aus der Argusbrille des gestrengen Professors. Sebastian lächelte dann jedes Mal mit zusammengebissenen Zähnen und verneigte sich quer übers Pult. Denken aber tat er: Puh, du grober Lackel! Mit deinen harten Fäusten und deinen spitzen, unbequemen Zahlenkolonnen möchte ich lieber nichts zu tun haben, danke verbindlichst!

Auch die anderen Lehrer lernte er allmählich kennen: Moserer, den bärtigen Professor für Rechnungswesen; den riesenhaften Dozenten Faßmeier; die ehrgeizige junge Tanzlehrerin mit der Goldbrosche im Haar, Miss Agnes Crosspower; Magistra

Schwammböck, die Digitalisierungsbeauftragte der Schule; den fröhlichen Musiklehrer Doktor Wolfgang Samstag. Sie gaben Sebastian Zeit, sich einzugewöhnen, sodass er meist seinen eigenen Gedanken nachhängen konnte, wenn er nicht gerade mit Elisabeth zusammensaß, um abwechselnd zu nicken und zu zwinkern.

Wen er nirgendwo mehr finden konnte, war der Hausmeister. Allerdings musste Sebastian oft an dessen geheimnisvolle Worte im Schlafsaal denken. »Sie haben eine seltene Gabe, Herr Sebastian … Sie können den Menschen zuhören. Sie können den Menschen ins Herz sehen …« Woher das dürre Männlein das nur gewusst hatte? Na, man sieht es mir eben auf den ersten Blick an, dachte Sebastian und rubbelte sich unter der Tischplatte zärtlich-selbstkritisch durch seine vielen Selfies auf dem Smartphone.

Eine Papierkugel traf ihn im Genick. Er drehte sich um.

Es herrschte gerade Geschichtsstunde, Weltkrieg II, und die Klasse befand sich in ihrem üblichen Zustand: Die drei Berte schlugen Radau, weil sie, wie sie riefen, »an die ganzen Lügen, die hier erzählt werden«, nicht glaubten, und »Unterrichtsbefreiung« forderten, der »doofe Efgani« sei schließlich auch »von der christlichen Religionsstunde abgemeldet«, und das sei »wieder einmal eine bodenlos skandalöse gutmenschliche Vorzugsbehandlung von Minderheiten«, »gleiches Recht für Inländer!«, schrien sie, »es lebe die Meinungsfreiheit!« und »Geschichtsunterrichtsbefreiung für Andersgläubige!«

Die fromme Gudrun im Herrgottswinkel bekreuzigte sich dazu stumm. Die arme schüchterne Kira, die sich so sehr nach Harmonie sehnte, schluchzte in ihrem Rollstuhl. Der kunstsinnige Gernot wickelte seinen Schal eng um den Hals und

Die drei Berte schlugen Radau, weil sie, wie sie riefen, »an die ganzen Lügen, die hier erzählt werden«, nicht glaubten, und »Unterrichtsbefreiung« forderten.

drohte, sich gleich daran aufzuhängen, wenn der Lärm nicht augenblicklich aufhöre, er könne sich nicht mehr auf seinen David-Hockney-Kunstband konzentrieren, den er unter der Bank analysiere, der Türke Efgani saß zähnefletschend stumm auf seinem Platz, kurz vor dem Explodieren, und der dicke Harald, der mit hummerrotem Gesicht unter dem Pult verschwunden war, um sich zu Efganis Jausenbrot vorzukämpfen, legte die Lunte zu dieser Explosion. Was für ein Krawall! Nur die patente Elisabeth hielt sich zurück. Stolz lächelte Sebastian ihr zu. Er wusste, dass sie für ihr Leben gern die zimperliche Kira angegiftet hätte, mit der Heul- und Selbstmitleidnummer aufzuhören, aber sie verbiss es sich: Das war der neue Stil. Elisabeth lächelte gleichfalls, und sie nickten und blinzelten mehrfach hin und her.

Sebastian fischte die Papierkugel aus seinem Nacken und faltete sie auseinander. Aber die Kugel enthielt keine Botschaft, nur einen zerspeichelten Kaugummi. Er drehte sich um und sah sich jeden einzelnen seiner Mitschüler an. Eine gute Möglichkeit, sein Einfühlungsvermögen auszuprobieren. Ob er herausfinden konnte, wer die Kugel geworfen hatte, nur durch die Kraft der Empathie? Konnte er den Menschen *wirklich* ins Herz sehen?

Da war erst einmal der dicke Harald: Er hatte eben Efganis Platz erreicht und zupfte schwitzend an dessen Kamelhaarrucksack herum. Aber Harald war es bestimmt nicht gewesen. So einer verschwendete prinzipiell nichts Essbares – selbst wenn es sich nur um einen Kaugummi handelte. Efgani? Dem war solche Tücke zwar zuzutrauen, aber warum sollte er gerade Sebastian bewerfen wollen? Nur aus Christenhass? Nein, entschied Sebastian: im Zweifel für den Verdächtigen.

Hinten in der letzten Bank erblickte er den kunstsinnigen Gernot. Doch auch dieser Junge kam nicht in Frage. Viel zu gepflegt sah der nämlich aus mit seinem Seidenschal, seiner teuren Haarfrisur auf dem schmal gewachsenen Gesicht oben, den sorgfältig ausgekratzten Fingernägeln und der feinen goldenen Armbanduhr am Handgelenk. Sebastian schüttelte den Kopf. Solche Menschen werfen nicht mit kaugummigefüllten Papierkugeln. Solche Menschen *sind* vielmehr wie kaugummigefüllte Papierkugeln: eine weiße, blütenreine Hülle außenherum, und innendrin duftet es edel nach kostbarer Pfefferminze. Mit wachsender Neugier betrachtete er den Kommilitonen, und plötzlich war es ihm beim Betrachten, als würde er durch den schrecklichen Lärm, der durch die Klasse brauste, durch all das Gejodle, Geschimpfe und Geplärre ein wundersam leises Rauschen und Rascheln vernehmen. Nanu! Erstaunt steckte er den kleinen Finger ins Ohrloch. Wie Schlangenzungen fühlte es sich darin an: Ein geheimnisvolles Zischeln und Knistern, das nur ihm galt! Was war denn das? War es möglich, dass er Gernots Gefühle – *hören* konnte?

Voller Verblüffung starrte Sebastian den blassen Jungen in der letzten Bank an, es juckte ihn sonderbar an der Stirn, er kratzte sich, und plötzlich verstand er *alles*, plötzlich stand ihm das ganze Lebensdrama Gernots vor Augen wie eine Eins: Das Schicksal des etwas zu klugen, etwas zu zartfühlenden Großstadtkindes aus etwas zu gutem Hause – in eine Klasse geworfen, in der seine Herkunft nichts zählte. In der seine Kunstliebe verachtet, sein schöner Schal verspottet und der Reichtum seiner Eltern ständig gegen ihn verwendet wurde! In der man über seinen feinen Zwirn und seine mit korsischem Edelschimmelkäse bestrichenen Jausenbagels lachte! Und dabei, so spürte

Sebastian mit Groll, wünschte sich der bedauernswerte Kerl sicherlich nichts sehnlicher als ein bisschen Anerkennung, eine ihm gemäße Umgebung, ein bisschen Schauspielunterricht vielleicht, im Turnsaal, um sich entfalten zu können, das Licht der Bühnenscheinwerfer und frei zu sein von den Erwartungen seines Elternhauses, seiner Umwelt, seiner Hausdiener … und wahrscheinlich war er auch noch Synästhetiker, das waren ja im Moment alle jungen empfindsamen Knaben …

Da hob Gernot den Blick … Seine Augen fanden die Augen Sebastians, und für eine Sekunde versanken sie ineinander. Schnell drehte sich Sebastian weg.

Was war das gerade gewesen? Eine außerkörperliche Einfühlung? Er massierte sich die Augäpfel. Ihm war gewesen, als hätte er passgenau in Gernots Haut gesteckt. Als wäre Gernot sein Bruder gewesen – sein reicher kleiner Bruder. So stark hatte er die Verbundenheit gespürt, dass in Sebastian, dem geheimen Zwilling aus der Mittelschicht, Gernots urprivater Schmerz hochgekocht war, und ein wildes Gerechtigkeitsgefühl dazu: ein rasendes inniges Verlangen, für den edlen Bruder zu kämpfen, für ihn und für all die anderen Verkannten, die hier in dieser Schule ihr Schicksal fristeten; feststeckten wie feurige Rennpferde in einem Pool von Fäkalien, aus dem sie sich nicht mehr freizappeln konnten und an ihrer natürlichen Entfaltung gehindert wurden durch – ja, wodurch eigentlich? Durch den schlechten Stil der Klasse, sicherlich, aber wahrscheinlich auch durch die starren, unflexiblen Regeln in dieser grässlichen Schule, durch eine kollektivistische, gleichmacherische Schulbürokratie, welche Habenichtse und Zukunftshoffnungen in dieselbe Klasse sperrte, gequält von Lehrern, die keine Rücksicht nahmen auf Individualität und den Beruf der Eltern …

Tief atmete Sebastian durch.

In dieser Unterrichtsstunde probierte er seine neu entdeckte Fähigkeit auch noch an anderen Mitschülern aus. Doch seltsam: Weder für die stille Kira noch für den dummen Efgani und schon gar nicht für die groben, boshaften Berte konnte er das gleiche Einfühlungsvermögen aufbringen. Erst als er sich Elisabeth zu seiner Linken zuwandte, die ihn strahlend anstrahlte in ihrem teuren Businessdirndl, mit ihrer damastenen Schleife im Haar und einem Lächeln wie aus flüssigem Blei, fühlte er seine Fähigkeit erneut auflodern. Sein Herz pochte von innen gegen seinen Brustkorb wie eine Faust, dreimal klopfte es, und dabei durchrollte ihn die starke und immer stärkere Gewissheit: Elisabeth und Gernot, Gernot und Elisabeth – mit diesen beiden war ein Staat zu machen.

Mit Gernot ist ein Staat zu machen!

Er konnte es kaum erwarten, Elisabeth alles zu erzählen.

»Du!«, stupste er sie an, als es zur Pause klingelte. »Weißt du, wer ein feiner Kerl ist? Gernot!«

»Gernot?« Elisabeth sah ihn fragend an. »Wieso?«

»Weil ich glaube, dass er absolut in unsere Bande passen würde!«

»Welche Bande denn?« Elisabeth holte ein Brot und einen Apfel aus ihrer Schultasche, denn es war die große Pause.

»Du Dummchen – *unsere* Bande doch! Deine und meine! Oder ist dir etwa entgangen, dass wir beide immer zusammenstecken, um über Veränderung und den neuen Stil zu reden? Über den kolossalen Ruck, der durch diese Klasse gehen muss?«

»Keineswegs«, sagte Elisabeth und umschnürte ihre Jause mit einem Spagat.

»Dann komm mit in den Schulhof, und ich erkläre dir, was ich meine!«

Auf halbem Weg zum Sportplatz hatte ihr Sebastian bereits alles erzählt: von seiner neu entdeckten Fähigkeit und von seinem Willen, für Gernot und all die anderen unterdrückten Bessergestellten der Schule zu kämpfen. Und Elisabeth hatte ihm aufmerksam zugehört.

»Du kannst Menschen in die Herzen sehen?«, fragte sie

beeindruckt und biss in ihren Apfel. »Das klingt beinahe nach Zauberei, Sebastian.«

»Ja«, sagte Sebastian leise. »Seltsam, dass ich diese Fähigkeit erst heute entdeckt habe …«

Elisabeth biss in ihr Brot. »Du weißt, was man von dieser Schule erzählt?«

»Nein, das weiß ich nicht. Du etwa?«

»Nein.«

Beide schwiegen für einen Moment. Mit einem schwachen Gedankenaufglühen dachte Sebastian an den alten Hausmeister, der bereits zweimal überraschend aufgetaucht und wieder verschwunden war, und den er nun schon eine ganze Weile nicht gesehen hatte. Zauberei …

»Und diese Fähigkeit«, fragte Elisabeth und biss gespannt in ihren Apfel, »hast du entdeckt, als du Gernot beobachtetest?«

»Genau. Seine tragische Geschichte stand mir vor Augen wie ein offenes Buch, in dem die wichtigsten Stellen mit Textmarker angemalt sind.«

Nachdenklich biss Elisabeth in ihr Brot. Sebastian sah sie von der Seite an.

»Du denkst doch über etwas nach«, sagte er. »Komm! Verrat es mir. Mach aus deinem Herzen keine Maulwurfsgrube!«

Elisabeth erstarrte im Beißen. »Ich?«, murmelte sie verdattert. »Ich überlege nur, was … was du in *meinem* Herzen siehst.«

Sebastian nahm Abstand und betrachtete sie. Wie schön sie war. Ihre gesenkte Stirn, ihr pfirsichgelbes Profil, der weiche schwarze Haarberg. Offenbar hatte sie auch noch einen Bissen Jause im Mund, den sie vor seinen Augen nicht hinabzuschlucken wagte.

»Ich glaube, ich weiß, was in dir vorgeht«, sagte er, und wieder spürte er das Rascheln und Rauschen und Schlangenzüngeln in seinen Ohren und sein klopfendes, einfühlsames Herz, das den Gedanken den Takt vorgab: »Du bist für deine Eltern das Prinzesschen«, sagte er und kratzte seine Stirn. »Das verwöhnte, gutbehütete kleine Mädchen vom Lande. Doch im Inneren wünschst du dir ein ganz anderes Leben. Gut, vielleicht bist du aus sehr gutem Hause, wirst zum Tennisunterricht chauffiert und darfst jedes Jahr zum Schüleraustausch nach Mödling – aber dieser goldene Käfig, in dem du sitzt, hat unsichtbare Gitterstäbe. Nein, bitte unterbrich mich nicht! Denn was nützt dir die Eigentumswohnung, die dir dein alter Herr zum 18. Geburtstag auf den Parkplatz stellen wird? Du willst auf keinen Fall wie deine Eltern werden. Weil du siehst, wie sie von ihren gesellschaftlichen Verpflichtungen zermalmt werden. Die Charity, die Mitarbeitergespräche, das jährliche Sauschädelessen – und dann noch der Neid der Schlechtergestellten! Du sehnst dich nach dem Einfachen, dem Schlichten. Du möchtest eine kleine Bäuerin sein mit lehmigem Kopftuch, mit Gummistiefeln, auf wogenden Weizenfeldern Weintrauben zerstampfen, Hühner füttern und Schweinehälften zerlegen ... nein«, er legte den Finger auf seine Lippen, »auch dieses Leben ist dir noch zu luxuriös ...«

Elisabeth lauschte ihm mit offenem Mund (d. h. eigentlich mit den Ohren).

»... vergiss den Bauernhof! Du wünschst dir nur eine kleine Kate und einen recht windschiefen Stall, mit Milchkühen und Mistkübeln und Ferkeln ... nein«, korrigierte er sich erneut, »keine Kühe, keine Ferkel ...« Und er schloss mit sicherer Stimme: »Du wünschst dir ein Pferd.«

»O du!« Atemlos warf sich Elisabeth ihm an den Hals. »Wie hast du das erraten?«

Sebastian zuckte bescheiden die Schulterblätter.

»Das ist so toll, Sebastian!«, sagte Elisabeth und biss hinter seinem Kopf in ihren Apfel.

»Lass uns weitergehen«, wehrte er ab.

Am Ende der Lindenallee lag der Sportplatz. Geschrei und Gelächter tönten von dort herüber. Einige Primaner und Sekundaner hatten begonnen, einen Fußball hin- und herzukicken.

»Was ist mit diesen Schülern?«, fragte Elisabeth und biss in ihr Brot. »Sag mir, wie es in ihren Herzen aussieht!«

»In welchem ihrer Herzen?«

»Vielleicht in … Efganis Herz?«

Stirnrunzelnd besah sich Sebastian den Türken. Eben versuchte ihn einer der drei Berte mit Muezzinlauten zu necken, wodurch natürlich im Nu die schönste Prügelei losging. Gleich würde sich der Aufsicht habende Professor Koffner einmischen, um tüchtig mitzuprügeln.

»Efgani?«, sagte Sebastian nachdenklich. Aber er spürte rein gar nichts, wie zuvor schon im Klassenzimmer. »Efgani ist ein unglücklicher Kerl«, improvisierte er, spürte Elisabeths bewundernden Blick und rubbelte sich verlegen die Stirn. »Kleiner Leute Kind. Von frühester Jugend an stand er im Gemüseladen seines Onkels. Sein einziges Spielzeug waren die unverkauften Datteln, die am Abend übrigblieben. Weißt du«, erklärte er, »es gibt nicht nur das Unglück des Überflusses an Geld, wie bei Gernot und bei dir, es gibt auch das Unglück des Überflusses an alten Datteln. Efgani ist arm. Und er fühlt sich schlecht, weil er merkt, dass er damit der Gesellschaft zur Last fällt. Jedes Mal, wenn er den Gehsteig benutzt, denkt er daran, dass großherzige Männer diesen Gehsteig für ihn errichtet haben. Jedes Mal, wenn er unter dem öffentlichen Licht einer Straßenlaterne seine

Notdurft verrichtet, plagt ihn das schlechte Gewissen, weil seine Eltern kaum Steuern zahlen, um dieses Licht zu finanzieren. Und obendrein kann er diesen inneren Zwist nicht einmal formulieren. Er schämt sich wegen seines schlechtem Deutschs.«

»Kommt daher seine Wut?«, fragte Elisabeth leise.

»Ja. Es ist eine Wut auf sich selbst. Ein heimlicher Selbsthass, weil er am liebsten so wäre wie wir Normalen.«

Na, das war doch gar nicht schlecht gewesen! Je länger Sebastian geredet hatte, desto stärker hatte er gespürt, dass er sich auch in diesen kleinen kaffeebraunen Orientalen einfühlen konnte. Er, der Sohn der Mittelschicht, blickte den Menschen oben und den Menschen unten gleichermaßen ins Herz! Nicht übel, oder?

»Schau«, sagte Elisabeth plötzlich und zeigte ans Ende der Allee. Wie durch einen literarischen Zufall war dort Gernot aufgetaucht, der auf einem Fahrrad saß und quer durch die langsam zerfallende Prügelei fuhr. Sehr aufrecht saß er im Sattel, keineswegs eilig, mit durchgedrücktem Kreuz, und las in einem ledergebundenen Band französischer Komödien oder vielleicht auch in einem französischen Band ledergebundener Komödien, so genau war das auf die Entfernung nicht auszumachen ... Als er Sebastian und Elisabeth erblickte, schlug er mit schnörkeliger Handbewegung das Buch zu.

»Hallo«, sagte Sebastian leutselig, als er in Sprechweite war. »Geiles Bike!«

Gernot bremste ab und wies auf den verwüsteten Sportplatz, auf dem Professor Koffner gerade die letzten verbliebenen Prügler am Kragen übers Gras schleifte. »Eine schöne Bescherung. Ihr beiden habt wohl nicht mitgeprügelt?«

Sebastian lachte hell. »Wirklich nicht. Ich meine: Die sollen sich ruhig schlagen, wenn sie das für sinnvoll erachten, aber wer mich kennt, der weiß, dass ich mich lieber auf andere Dinge konzentriere. Auf konstruktivere Dinge.« Und als Gernot ihn seltsam abwartend ansah, fügte er hinzu:»Elisabeth und ich, wir stehen nämlich für Veränderung. Für einen neuen Stil.«

»Ja.« Elisabeth ergriff Sebastians Hand.»Die Veränderung, die sich nicht aufhalten lässt!«

»Das Überwinden des Stillstands«, ergänzte Sebastian und ergriff mit seiner anderen Hand fest Elisabeths andere Hand.»Das ist ambitioniert, aber nicht unmöglich!«, rief er und spürte zuerst, wie die Veränderungsbegeisterung ihm wieder durch alle Adern pulste, und dann, dass Elisabeth noch den feuchten Rest ihres Jausenapfels in der Hand gehalten hatte.»Wir glauben, dass es machbar ist. Dass wir, wenn wir ganz bewusst den ehrlichen Weg gehen, den Weg des neuen Stils, schließlich auch an die Spitze kommen und die Klasse wieder nach vorne bringen können. Das ist eine mutige Ansage, ganz klar, aber ich bin guten Mutes, dass –«

Gernot hatte Sebastians Worte mit heißen Wangen angehört. Der Stil der Veränderung? Wie verheißungsvoll das klang! Wie Frühling und Debütantenball in einem Atemzug! Sein Herz hämmerte wie ein junges Pony. Jawohl, an dieser Schule musste sich etwas ändern – und zwar gründlich! Er hatte es satt, von den Klassenversagern verspottet zu werden, nur weil er sich für Brueghel begeisterte. Satt, zweimal in der Woche seinen schönen Seidenschal aus dem Klo zu fischen – nur weil seine französische *Ausspraché* so gut war! Und war nicht erst gestern wieder »Bonze« auf sein Fahrrad gesprayt gewesen?

Sein Blick traf den Sebastians. Ernst und abwartend sahen sie einander an.

»Du bist uns schon aufgefallen«, sagte Sebastian ruhig.

Da lächelte Gernot verschämt und schlug den Blick zu Boden. Seine Augen pochten. Er fühlte, dass er jetzt dringend etwas sagen sollte. Aber da drehte ihm Elisabeth einen Strick durch die Rechnung: »Wir sollten jetzt los!«, drängte sie und zerrte an Sebastians Ärmel. »Die Stunde hat schon begonnen!« Und eilig sprengten sie fort.

Gernot blickte den beiden nach. Er sah, wie sie die Allee entlangliefen, Hand in Hand, und immer kleiner wurden, aus perspektivischen Gründen. Voll Gram und Leid biss er die Zähne zusammen. Oh, er hätte sich ohrfeigen können! Warum hatte er nicht diese paar kleinen Worte über die Lippen gebracht: »Darf ich mit euch gehen? Den ehrlichen Weg, den Weg der Veränderung und des neuen Stils?« Dass er auch immer so gehemmt war! Feiger, feiger Gernot – warum kannst du nicht ein bisschen so sein wie BRAVEHEART?

Sein Zorn auf sich selbst verrauchte auch nur halb, als Sebastian sich noch einmal umdrehte und ihm zulächelte. Aus der Ferne sah er, wie Elisabeth ihren zerkauten Apfelrest fallen ließ. Gernot wischte sich eine Ärgerträne aus dem Gesicht. Dann setzte er sich zurecht, klingelte schallend und trat in die Pedale. Denn zu allem Unglück hatten sie jetzt Mathematik. Und Koffner fragte das Parallelenaxiom ab!

Klassensprecher Sebastian?!

Hand in Hand rannten Elisabeth und Sebastian die Allee entlang. Gegenwind war aufgekommen und wirbelte ihnen in Zeitlupe Laub in die Gesichter.

»Heute fragt Koffner das Parallelenaxiom ab«, keuchte Sebastian.

Elisabeth nickte. Ihr schwarzes Haar flog bauschig. »Hast du bemerkt, wie aufmerksam dir Gernot zugehört hat?« Sie war ganz nahe an Sebastian, und Sebastian spürte, wie ihr Atem in seiner Ohrmuschel toste. »Er schien sehr angetan von dem, was du gesagt hast!«

»Wirklich?«

»Ja! Er ist regelrecht an deinen Lippen gehangen!«

»Also meinst du auch, dass wir Gernot in unsere Bande aufnehmen sollen?«

»Nun – er ist ein feiner Kerl«, gab Elisabeth zu. »Und er hat ein Fahrrad.«

»Dann ist es also beschlossen!«

Elisabeth blieb stehen. Sie hatte es eilig, aber ihr lag noch etwas auf dem Herzen. »Sebastian«, stieß sie hervor, mit einer rauen, irgendwie bekümmerten und belegten Stimme, »die Veränderung – was glaubst du, wann sie beginnen wird?«

»Wenn es Zeit ist.«

»Aber die Zeit wartet nicht auf uns.«

»Wenn ich den Satz vielleicht wiederholen darf«, sagte Sebastian geduldig, »es ist die Veränderung, die, wenn wir sehr bewusst den Weg der Klarheit gehen, gar nicht anders kann, als sich zu ereignen, die zum Sich-Ereignen gezwungen wird sozusagen. Was ich damit meine –«

»Sebastian, hör zu«, sagte Elisabeth und nahm sein Kinn in beide Hände, »du bist ein kluger Junge. Du hast Talent. Du siehst auch gut aus, verdammt gut! Vor allem aber kannst du reden und mitreißend formulieren – so, dass es jeder versteht. Und du hast, wie ich heute gesehen habe, die erstaunliche Gabe, dich in Menschen einfühlen zu können …«

Stolz rötete Sebastians Ohren. »Danke, Elisabeth.«

»Trotzdem bist du zurzeit in der Klasse der Außenseiter.«

»Ja …«

»Aber ich sage dir: Vielleicht ist gerade das deine Chance! Deine Chance als Außenseiter! Du hast gewisse Verpflichtungen, Sebastian.«

»Welche Verpflichtungen denn?«

Elisabeth wurde heftig. »Ja, weißt du denn immer noch nicht, was du zu tun hast? Was deine Klasse von dir will? Was *ich* von dir will?« Ihr Blick wurde wild und verlangend. »Du musst die Dinge in die Hand nehmen! Nur du kannst den Riss in der Klasse wieder heilen! Sebastian! Du musst unser Klassensprecher werden!«

»Klassensprecher! Ich!« Sebastian lachte, verschluckte sich und hustete.

»Ja – du! Der himmelschreiende Stillstand, der in der Klasse herrscht! In der ganzen Schule! Lässt dich das etwa kalt? Es braucht deine Kraft, dein Talent – und du weißt das!«

»Aber ich bin doch noch so jung!«

»Blödsinn, wir sind alle gleich jung!«

Sebastian dachte nach. »Vielleicht hast du recht«, überlegte er. »Ich bin schließlich der Neue, ich bin so etwas wie ein Quereinsteiger, ein frisches Gesicht …«

Elisabeth lachte. »Ach komm, Sebastian!«, tadelte sie ihn. »Was soll denn nun wieder dieser Blödsinn? Quereinsteiger! Du hast mir doch erzählt, dass du schon an deiner vorigen Schule Klassensprecher warst.«

»Aber der Gegenwind?«, fragte Sebastian ängstlich.

»Was wird der schon tun, der Gegenwind?« Schelmisch schob sie ihren Arm in seine Armbeuge. »Blasen wird der! Oh, und wie der blasen wird … Aber das macht nichts. Man muss den Gegenwind nur in die eigenen Segel lenken …« Und als sie ihn immer noch zögern sah, legte sie eine Schicht Ernsthaftigkeit darauf: »Sebastian! Tu es für uns. Tu es für den armen Jungen mit dem Seidenschal. Tu es für – mich! Ein wichtiges Amt, ohne Ausbildung, ohne Mühe, ist das nicht alles, was sich ein Junge aus der Mittelschicht erträumt?«

»Aber …«

»Kein Aber! Laut Schulstatut brauchst du dafür nur zwei Mitschüler, die dich nominieren.«

»Gernot und dich?«

Elisabeth lachte. Jetzt war der Groschen gefallen! »Genau. Und dann muss noch der Klassenlehrer deine Kandidatur absegnen. Aber das ist reine Formsache.«

»Der Klassenlehrer?« Sebastian war wie vom Blitz gerührt. »Du meinst – Professor Koffner? Niemals! Da verzichte ich lieber. Bevor ich vor diesem alten Widerling zu Kreuze krieche …«

»Darüber reden wir noch.«

»O nein, darüber reden wir nicht mehr!« Zornig hebelte er

seinen Arm aus demjenigen Elisabeths. »Die Veränderung, für die wir stehen, braucht keine Leute wie Koffner! Er signalisiert den alten Stil …«

»Komm jetzt weiter! Die Stunde hat schon vor zehn Minuten begonnen.«

Aber Sebastian bewegte sich nicht. Mit verschränkten Armen stand er da und starrte in die Kronen der Lindenbäume. »Erst versprichst du mir etwas!«

»Was denn?«

»Versprich mir, dass du mich nicht gegen meinen Willen nominierst!«

»Ich verspreche es dir. Und nun komm«, drängte sie.

Doch in diesem Moment quietschte es neben ihnen, dass der Kies spritzte. Sebastian und Elisabeth fuhren zusammen.

Mit schneidendem Atem, gekrümmt vor Anstrengung, stieg der Junge mit dem Seidenschal von seinem Fahrrad. In seiner linken Hand hielt er Elisabeths kümmerlich zerschlabberten Apfel. »Hier«, pfiff es aus ihm, rasselnd, ziellos, der Ohnmacht nahe, »hier, Sebastian, Elisabeth – das hier habt ihr verloren.«

»Danke«, sagte Sebastian verwirrt und griff nach dem Obst.

»Danke, Gernot«, sagte auch Elisabeth und streckte ihm ihre Hand entgegen. »Du bist einer von den Guten. Komm! Wir laufen gemeinsam! Damit wir nicht zu spät kommen.«

»Lauft ihr nur ohne mich«, schnaufte Gernot und klopfte an das Gestänge seines Fahrrads. »Ich muss noch den *good old Drahtesel* unterstellen …«

»Schlag trotzdem ein!«

Innig schüttelten sie sich die Hände. Es war wie ein Bruderbund. Plötzlich merkte Sebastian, dass Gernot seine Hand nicht mehr losließ.

Innig schüttelten sie sich die Hände. Es war wie ein Bruderbund.

»Sie hat recht«, murmelte Gernot.

»*Wer* hat recht?«, sagte Sebastian und zerrte an seiner Hand.

»*Elisabeth*. Du musst Klassensprecher werden, Sebastian. Wir brauchen einen wie dich.«

»Darüber wird noch zu reden sein«, warf Elisabeth ein. Doch als sie Sebastians dankbaren Blick bemerkte, der vor Einverständnis glühte, zerfloss ihr Mund in einem Lächeln. Und sie wusste, dass die Sache bereits halb gewonnen war.

»Nun lauft!«, rief Gernot und gab Sebastians Hand frei.

Und sie liefen.

Noch lange stand er da und sah den beiden nach. In seinem Leib das Herz drin polterte. Er hatte es gewagt! Er hatte Freunde gefunden! Mutiger, mutiger Gernot! Mutig – wie BRAVE-HEART!

Auch Professor Koffner war mal jung

In der Schule war es mäusestill. Nur leises Keuchen schnaufte durch das Stiegenhaus. Das waren Sebastian und Elisabeth, die Hand in Hand die Stufen emporstürzten. Mit letzter zusammengekratzter Kraft schafften sie es unter Ach und Not in den zweiten Stock, wo sie luftschnappend stehen blieben und den Gang entlangspähten: Noch stand die Tür zum Klassenzimmer offen. Was für ein Glück! Sie holten Atem und rannten weiter. Nur noch wenige Meter trennten sie von ihrem Ziel ... Der Gang dehnte sich unter ihren Schritten ... Es war, als liefen sie auf Pfefferminzkaugummi ...

Aber da! Plötzlich! Fast hatten sie die Türöffnung erreicht, als Professor Koffner um die Ecke bog. Wie angewurzelt blieben die beiden stehen. Sebastian duckte sich unwillkürlich. Sie waren fast eine Viertelstunde zu spät – wenn das nicht ein mächtiges Konzert auf der Standpauke zu bedeuten hatte!

Schon hatte Koffner sie entdeckt und stampfte bedrohlich auf sie zu. Sebastian warf einen Blick auf Elisabeth, die rot angelaufen war und verlegen an ihrer Unterlippe kaute. Immer noch hielt sie Sebastians Hand umklammert. Der Lehrer blieb unmittelbar vor ihnen stehen, hob zwei Finger, zog mit geübtem Griff Elisabeth die Unterlippe wieder aus dem Mund – es ploppte leise –, und löste dann die Hände der beiden Schüler voneinander. Sebastian starrte zitternd zu Boden. Was würde nun passieren? Einige Sekunden lang geschah nichts. Bis er einen ganz kleinen Knuff gegen seine Schulter verspürte: »Einen schönen Umgang hast du da, neuer Oberprimaner! Du bist ja ganz außer Atem?«

Nanu?, dachte Sebastian und blickte hoch. Das klang ja gar nicht bösartig! Sein Blick begegnete dem von Professor Koffner. Freundlich grinste der auf ihn herab. Sebastian blinzelte.

»Ihr habt wohl die Zeit übersehen, was?«, sagte der Lehrer jetzt und knuffte Sebastian erneut, diesmal in die Rippen. Sein Brillenglas funkelte wie ein strenger, aber gutmütiger Stern. »Seid wohl gerannt, ihr zwei Turbotäubchen, was? Na, ruht euch einen Moment aus. Dann aber rasch in die Klasse! Heute nehmen wir die Parallelen durch. Ihr wisst schon, diese Geraden, die endlos nebeneinander herfliegen, ohne sich je erreichen zu können … zumindest nicht hier, in diesem offiziellen Schulgebäude!«, sagte er und knuffte Sebastian dabei immer wieder mit dem Ellbogen ins Gesicht. »Hier drin herrscht Ordnung! Gell? Gell? Aber anderswo, mein Gott, im Schulhof oder wo, sollen die Parallelen doch treiben, was sie wollen. Was geht's mich an? Hm? Die sollen einander treffen, bis der Arzt kommt! Hab ich nicht recht?«, knuffte er. »Hab ich nicht auffallend recht? Ich war nämlich auch einmal jung, müsst ihr wissen, jaah, der alte Koffner war auch einmal jung, man glaubt es gar nicht …«

Die Mutprobe

Da war der alte Professor Koffner also auch einmal jung gewesen! Man glaubte es gar nicht. Offensichtlich hatte Sebastian den Mann ganz falsch eingeschätzt. Na so was! Da sah man wieder einmal, wie der erste Eindruck täuschen konnte. Der prügelnde, jähzornige Wüterich – ausgerechnet er war Sebastian freundlich gesinnt! Erstaunlich. Anscheinend war er wirklich kein schlechter Kerl! Zum Glück hatte Sebastian das rechtzeitig bemerkt. Gott sei Dank! Sonst wäre es vielleicht zu spät gewesen. Ja. Aber man musste eben auch dazulernen können! Man musste seine Meinung auch ändern können, bevor man sich unnötig Feinde machte! Niemand hinderte einen daran, klüger zu werden, das gehörte zum Erwachsenwerden eben einfach dazu, gerade in jungen Jahren, wenn man noch nicht so viele Erfahrungen gesammelt hatte …

Sebastian lag ausgestreckt auf dem Bett, als er diese Gedanken entwickelte, und machte dazu dirigierende Handbewegungen.

Plötzlich schien ihm auch Elisabeths Idee in einem ganz neuen Lichteffekt. *Klassensprecher Sebastian!* Klang das nicht eigentlich höchst verlockend? Ja, Elisabeth hatte recht, dachte er und rollte sich in die bequeme Seitenlage: Es war seine Pflicht, zu kandidieren. Professor Koffner? Der würde ihm bestimmt keine Steine mehr in den Weg stellen! Und wenn also in Gottes Namen die verdammte Pflicht rief, musste man folgen, da gab es nichts, das war sonnenklar wie Klostersuppe, sonst wäre es ja keine Pflicht gewesen, sondern ein Wunschkonzert! Und so spielte das Leben nicht, beileibe nicht! *Klassensprecher Sebastian* ... Prima hörte sich das an. Schon fast wie ein Türschild, ein Türschild aus blitzendem, blinkendem Messing, jeden Morgen frisch poliert von hilfsbereiten Mitschülern ... Aber stopp, zu welcher Tür eigentlich? Er hatte ja noch gar keine Tür. Egal, wichtiger als Türen waren ja schließlich Inhalte – die Inhalte der Türen! Also das, was hinter der Tür saß: er selbst, Sebastian!

Unbewusst hatte er sein Smartphone hervorgekramt und begonnen, durch seine Galerie zu wischen. Hier, das war ein gutes Bild, ein Ganzkörperselfie, wie gemacht für ein Wahlplakat. Er zoomte sich groß und betrachtete sich, und zwar von oben nach unten, das war immer die richtige Richtung: Die Haare fest und sturmsicher, ein Helm, bei dem die Strähnen knackten, wenn er mit dem Kamm hindurchpreschte; das Gesicht auf einem Knochenschädel wachsend, der an allen Ecken spitz nach außen drang; spitze, hohe Backen, ein vordringendes, offensives Kinn, ein mächtiges Trumm Stirn, und dabei alles mit einer cremigen Samthaut überzogen wie mit Schokolade (»mit weißer Schokolade«, dachte Sebastian versehentlich in einem kleinen Anflug von Rassismus, der ihm gleich unangenehm war) – o ja, so sahen Amtsträger aus! Und dann erst der feste Wuchs seiner Ohren, jenes knorpeligen Doppelflügels, der seinen Kopf so fest im Griff hatte von beiden Seiten, links und rechts: Denn sein Gesicht, das begriff er jetzt, war ein Triptychon aus Hören-Reden-Hören, und weil er zwei Ohren besaß und nur einen Mund, fiel ihm das Hören auch doppelt so leicht wie das Sprechen. Und *das* fiel ihm schon leicht! Er lehnte sich zurück, schloss die Augen und sah sich nun selbst plötzlich als Wasserspeier, ein unbewegt steinernes Antlitz, und die Mitbürger und Mitschüler näherten sich ihm mit ihren Sorgen von links und rechts in zwei langen kurvenreichen Menschenschlangen, abwechselnd in seine Ohren hineinsprechend, all das, was ihnen im Herzen brannte, auf der Seele juckte, unter den Nägeln kitzelte, und er hörte zu, einmal links, einmal rechts, saugte alternierend diese vielen Meinungen seiner Mitmenschen auf, mit gierigen Ohren, und vorn, mit dem Mund, spie er sie wieder aus, dass alle hörten, was alle dachten, ohne Unterschied und anonym und nur gebündelt durch seine Sprache, die Sprache Sebastians, des Wasserspeiers. So hörte jeder, wenn er nur lange genug an Sebastians Lippen horchte, irgendwann seine ganz spezielle Eigenmeinung dort vorne herauskommen, man musste nur warten, so wie die Spender bei »Licht ins Dunkel«, wenn das Band mit den Spendernamen langsam durchs TV-Bild ruckelt, ja, denn er war ein Gefäß, Gefäß der öffentlichen Rede, und alle Stimmen ließ er durch die Ohren in sein Herz, alle verdaute er sie mit seinem Herzen und gab sie vorne wieder von sich in deutlichen Worten, in klarer Sprache, offen und ehrlich, ohne Beschönigungen, ganz bewusst, und er spürte, dass er die Analogie nicht zu weit treiben sollte, denn erstens war sie vielleicht gar nicht so werbewirksam und zweitens war er nicht sicher, dass seine Mitmenschen allesamt Wörter wie »Analogie« und »alternierend« überhaupt verstanden und nicht ablehnen würden als abgehobenes Expertenchinesisch, und er wollte doch bei Gott kein Experte sein, wahrlich nicht, sondern nur eines: Klassensprecher, ein Mensch wie du und ich, ein Führer zum Angreifen!

Wie deutlich und stark er diesen Wunsch jetzt spürte! Elisabeths Held wollte er sein. Vorne stehen. Die Klasse nach vorne bringen, an die Spitze (seine Faust schloss sich zum Kampf), wichtigster Mann der Klasse werden, für Veränderung und gegen Stillstand beinhart stehen und gegen den Status quo, das war ihm wichtig, denn es war Zeit, dies nur zur Klarstellung und um das kurz zu erklären, in einem Satz, damit es ganz bewusst keine Missverständnisse gab – das war der eine Punkt, ein klares Signal, und das war auch gut so, da war er sich einig, da war er, um's einmal salopp zu sagen, mit sich einer Meinung, danke für die Frage, denn die Veränderung … –

Die Veränderung?

Kerzengrad saß er plötzlich im Bett.

Hatte er geschlafen? Es war fast finster rund um ihn herum. Wo war er? Ach so, im Schlafsaal. Allmählich schwappte das gleichmäßige Atmen von fünfundzwanzig Oberprimanern an seine Ohren, und zugleich schwappte das Bewusstsein in ihn zurück: Er musste während des Pläneschmiedens eingeschlummert sein und hatte also gar nicht gemerkt, wie die anderen alle nacheinander hereingekommen waren.

Draußen schlug die Kirchturmglocke zweimal. Sebastian hielt inne und zählte mit, alle beiden Schläge. Dann warf er mit einem Satz die Decke zurück, sprang aus dem Bett und schlich auf stummen Sohlen hinüber zu Elisabeths Platz.

»Elisabeth«, wisperte er und schüttelte sie. »Elisabeth! Wach auf! Heute ist *die* Nacht!«

Ein Brummton ging durch die Schlafende. »Schon?«, miezte sie, ohne die Augen zu öffnen. »Ist es wirklich schon so weit?« Mit feinem, blindem Lächeln räkelte sie sich Sebastian entgegen.

»Ja!«, sagte Sebastian und schob ihre Brüste zurück. »Heute Nacht wollen wir Gernot in die Bande aufnehmen. Schnell! Schlüpf in saubere Unterwäsche! Ich bereite derweil alles vor.«

Während Elisabeth unter der Bettdecke in ihre Kleider fuhr, tappte Sebastian durch den Saal. Seine Hand fasste nach dem Kopf des dicken Harald, der schnarchte und schmatzte. Aber Harald war nicht, was er suchte. Wer schlief dort, hinter dem spanischen Paravent? Richtig, Gudrun. Man hörte es an den leisen Betgeräuschen, denn sie sprach im Schlaf, und zwar natürlich mit Gott. Wie ein Wiesel tastete sich Sebastian durch den Saal, und endlich stieß er an ein klimperndes Gestell: Kiras Rollstuhl. Gefunden! Leise löste er die Bremsen und fuhr damit an Gernots Bett.

»Gernot! Wach auf! Heute ist *die* Nacht!«

Ein Ruck ging durch den Schlafenden. »Schon?«, hauchte er, ohne die Augen zu öffnen. »Ist es wirklich schon so weit?« Mit feinem, blindem Lächeln räkelte er sich Sebastian entgegen.

»Ja!«, sagte Elisabeth, die fertig angezogen ans Bett getreten war. »Heute wirst du in die Bande aufgenommen. Steh auf!«

»Bande?« Verschlafen kramte Gernot nach seinem Telefon. »Ich habe den Termin gar nicht auf meinem Kalender … hat das nicht Zeit bis morgen früh?«

»Wir sind nicht befugt, dir Fragen zu beantworten«, sagte Elisabeth knapp. »Das Handy wird übrigens einkassiert. Und wo hängt dein Schal? Gib ihn mir!«

Mit einer routinierten Handbewegung schlang sie Gernot den Schal um die Augen, dass er blind blieb, und gemeinsam mit Sebastian hievte sie den zitternden Pyjamaträger in Kiras Rollstuhl. Sebastian drehte den Rollstuhl dreimal um die eigene Achse, dann ging es los.

»Wohin fahren wir?«, fragte Gernot zaghaft, als sie leise über die Stiegen hinunterrumpelten.

»Wohin fahren wir?«, fragte Gernot zaghaft, als sie leise über die Stiegen hinunterrumpelten. Mit beiden Händen klammerte er sich an Sebastians Arm fest.

»Wir sind nicht befugt, dir irgendwelche Auskünfte zu erteilen«, sagte Sebastian und versuchte, seiner Stimme einen dumpfen Klang zu geben.

Gernot bekam es mit der Angst zu tun. »Was habt ihr vor?«

»Wir sind nicht berechtigt, dir etwas zu sagen«, wiederholte Sebastian. »Ich sag es gerne nochmal …«

»Du bist unser Gefangener«, ächzte Elisabeth, die den schwereren Teil des Rollstuhls trug.

»Aber ich komme doch freiwillig mit!«

»So siehst du aus!«, keuchte Elisabeth, aber Sebastian, der die Furcht in Gernots Gesicht sah, bedeutete ihr zu schweigen.

Draußen schaukelte der Mond am Nachthimmel und verströmte Mondflüssigkeit in das schwarze Dunkel. (Komischer Satz. Lieber noch einmal evaluieren lassen und bei Bedarf wieder löschen, wenn er von mehr als dreißig Prozent der Leser abgelehnt wird.) Sebastian und Elisabeth schoben den Rollstuhl die Allee entlang. »Jetzt sind wir draußen, stimmt's?«, fragte Gernot. Er zitterte, denn er war nur mit dem wenigen bekleidet, was er am Leibe trug.

Aber er bekam keine Antwort mehr.

Vor der Gartenhütte kippten sie Gernot aus dem Rollstuhl. Sie nahmen ihn in die Mitte, jeder von ihnen ergriff eines der beiden Gernot-Handgelenke, und gleichzeitig traten sie in die Hütte. Feuchte Kälte schlug ihnen entgegen. Es roch nach Dieselöl, Erde und wie überall, wo Sebastian sich aufhielt, nach Haargel.

Gernot musste sich auf den Rasenmäher knien. Sebastian und Elisabeth zwangen ihn, sich nicht zu rühren. Ein Rascheln war hörbar, dann wurde Gernot der Schal von den Augen gerissen und er sah sich zwei mit Leinensäcken vermummten Gestalten gegenüber. Er unterdrückte einen Schrei.

»Unterdrück keine Schreie!«, befahl ihm die linke Gestalt, die mit der Stimme Elisabeths sprach, und Gernot gehorchte. Ganz fest dachte er an BRAVEHEART, an dessen Mut und Unerschrockenheit. Courage, Gernot, Courage! Denn die beiden Gestalten sahen aus, als ob sie keinen Spaß verstünden!

Derweil hatte die rechte Gestalt begonnen, eine Mistgabel zu säubern. »Willst du, Gernot, vollwertiges Mitglied in unserer Bande werden?«, hörte man die Stimme unter dem Leinensack sprechen, feierlich und hohl wie aus einem Grab. »Willst du, Gernot, im Angesicht dieser drei Zacken«, der Finger des Vermummten zählte die drei Zacken ab, »im Angesicht dieser drei Zacken, von denen jede für ein Bandenmitglied stehen soll, dein Versprechen bekunden, der Bande beitreten zu wollen?«

»Ja«, flüsterte Gernot.

»Willst du«, fiel die linke Gestalt ein, »das Geheimnis bewahren, deinen Mund versiegeln und zu niemandem ein Wort von der Bande sprechen, und wenn es dein Leben kosten sollte?«

»Aber ja!«

»Und willst du«, übernahm nun wieder die rechte Gestalt, »die Bande überall öffentlich bewerben und neue Mitglieder keilen, als ob es kein Morgen gäbe? Hundertprozentig, ohne Wenn und Aber? Und dies auch ganz bewusst? So wahr dir Gott helfe?«

»Ja, ja, aber ja!«

»Dann sind wir uns da, glaube ich, alle einig«, nickte die rechte Gestalt. »Leg jetzt bitte deinen Zeigefinger auf die mittlere Zacke der Mistgabel. Vorsicht, spitz.«

Ergriffen folgte Gernot der Anweisung. Auch die beiden anderen legten ihre Zeigefinger auf je eine Zacke der Mistgabel, so lange, bis Blut aus Gernots Finger trat. Mit diesem Blut besiegelten sie ihren Bund, indem jeder eine Fingerkuppe hineintauchte und sich einen roten Smiley auf die Stirn malte.

»Jetzt musst du nur noch unsere Mutprobe bestehen«, sagte die rechte Gestalt.

»Wiewas? War das jetzt etwa keine Mutprobe?«

»Das war die Initiation.«

»Die Mutprobe kommt *nach* der Initiation?«

»Wir sind eben eine junge, spontane Bewegung, der manchmal die richtige Reihenfolge durcheinandergerät!«, sagte die linke Gestalt und verdrehte unter der Kutte die Augen.

»Im Protokoll wird das dann bereinigt«, beruhigte die rechte Gestalt.

»Ach so«, sagte Gernot.

Die beiden Vermummten hatten sich erhoben. Jeder von ihnen fasste Gernot unter einer Achsel. Abwechselnd hörte er jetzt an jedem Ohr eine der beiden Gestalten mit finsterer, beschwörender Stimme sprechen: »Hast du, Gernot, den Mut und die Tapferkeit …«, »… hier, in tiefer Nacht, in der absoluten Finsternis der Gartenhütte …«, »… das Einzige abzulegen, was dich vor allen Gefahren des Lebens schützt und bewahrt …«, »… nämlich dein Taschengeld?«

Gernot schluckte hart. Die raunenden Stimmen machten ihm gehörig Eindruck!

»Bist du Manns genug …«, »… deine Eltern darüber zu verständigen …«, »… dass du künftig das doppelte Taschengeld verlangst …«, »… und zwar per Dauerauftrag auf diese Kontonummer?« Ihm wurde eine ausgerissene Schulheftseite vors Gesicht gehalten, auf der mit Tinte eine lange Zahlenfolge gezeichnet war. »Entscheide dich schnell«, hörte er dann am rechten Ohr, »hier, dein Handy« am linken, und jemand drückte ihm sein Telefon in die Hand. Fast hätte er es fallen gelassen. Mit zitternden Fingern wählte er die Nummer des Elternhauses. Es fiepte dreimal, dann sprang die Mobilbox an.

Gott sei Dank, er musste nicht persönlich mit seiner Mutter sprechen.

»Mamá«, sagte Gernot mit fester Stimme, »wenn du das morgen Früh hörst, dann bin ich nicht länger dein Sohn. Ich bin Mitglied in einer Bewegung! Und weil so etwas nicht nur Mut und Tapferkeit kostet, brauche ich künftig die doppelte monatliche Apanage. Die Kontodaten maile ich dir. Okay, schlaf gut, Bussi!« Er legte auf und sah erwartungsvoll zwischen den beiden vermummten Gestalten hin und her.

»Habe ich bestanden?«, fragte er.

Die linke Gestalt kratzte sich am Kopf. »Nun …«, begann sie, »du bist zweifellos guten Willens. Wir wollen dich vorläufig als Probemitglied aufnehmen. Unter Vorbehalt, bis die erste Subvention eingetroffen ist …«

»Probemitglied?« Verzweifelt packte Gernot die Gestalt am Arm. »Aber ich kann doch nichts dafür, dass meine Eltern um diese Uhrzeit schon schlafen! Bitte, lasst es mich anders beweisen, dass ich Mut habe …«

Die beiden Vermummten wechselten einen Blick.

»Seht ihr, wie furchtlos ich bin?«, rief Gernot und stülpte die Hosentaschen seines Pyjamas nach außen. »Ich habe keine Angst davor, euch mein ganzes Bargeld zu geben! Da! Wollt ihr vielleicht morgen mit mir zum Clubbing gehen? Ich bin so mutig, dass ich jede Rechnung bezahle, ich schwöre es, auf Ehre …«

»Hast du dein Fahrrad in der Nähe?«, fragte plötzlich die linke Gestalt. »Als Sachspende?«

Gernot fiel auf die Knie vor Dankbarkeit. »Natürlich! Mein Fahrrad! Ich stelle es der Bande zur Verfügung. Es steht gleich hinter der Gartenhütte. Hier, der Schlüssel!«

Erstens kommt es anders ...

Professor Rudolf Koffner war gegen zwei Uhr morgens erwacht.

Ausgerechnet zwei! Er konnte diese Zahl nicht ausstehen. Eine Primzahl, die nicht ungerade war – was sollte das? Er mochte es nicht, wenn jemand aus der Reihe tanzte. Und dann war diese Zahl auch noch so frech, sich nicht irgendwo an diskreter Stelle zu verstecken, nein, gleich ganz vorne im Alphabet musste sie einem ins Auge springen, musste ihn, Koffner, so offensichtlich provozieren mit ihrer –

– was Alphabet, *Zahlenreihe* natürlich!, verbesserte sich Koffner streng und gab sich im Liegen selbst eine klatschende Ohrfeige, denn seine Fachtermini sollte ein Mathematiker schon beieinander haben, selbst wenn es mitten in der Nacht war.

So.

Das hatte gut getan.

Allerdings hatte ihn die Ohrfeige nun erst recht munter gemacht.

Verärgert und ratlos – ob er sich zur Strafe gleich noch eine verpassen sollte? – glitt Koffner aus dem Bett. Jetzt musste er also diese Stunde zwischen zwei und drei irgendwie herumbekommen, dachte er und rieb sich die Wange. Mal sehen. Gab es denn etwas für morgen vorzubereiten? Er blickte auf den Stapel Schularbeitshefte auf seinem Schreibtisch. Wider Willen las er den ersten Namen, der ihm unterkam: der dicke Harald.

Ein guter Rechner, aber das Heft war immer in säuischem Zustand, voller Fettflecke ... Herrisch schob es Koffner zur Seite. O je, das wurde ja immer schlimmer: Unter Harald lag nämlich die fromme Gudrun, eine der allerschlechtesten Schülerinnen überhaupt. Mit beginnendem Ärger öffnete er das Heft. »Gegeben sei ein ICE«, las er, »der mit durchschnittlich 135 km/h auf einer geraden Strecke dahinbraust. Ihm kommt ein Regionalexpress mit durchschnittlich 80 km/h entgegen. Die beiden Züge sind 100 Kilometer voneinander entfernt. Wann und an welchem Ort werden sie aufeinanderprallen?«

Gudrun hatte die Aufgabe mit einem großen Kreuz durchgestrichen und daruntergeschrieben: »GOTT WIRD ES WENDEN«.

Koffner schüttelte den Kopf.

Aha! Das nächste Heft gehörte dem neuen Schüler, Sebastian. Der Professor schmunzelte. Ein aufgeweckter Knabe mit originellen Antworten. Aus dem konnte durchaus noch etwas werden. Hatte ihn Koffner nicht letztens erwischt, wie er mit der schönen Elisabeth Hand in Hand durch die Schule gelaufen war? Völlig verschwitzt, in unordentlicher Kleidung? Jaha! Eine gute Partie hatte Sebastian da gemacht; Elisabeth war, wenn Koffner sich recht entsann, Alleinerbin eines landwirtschaftlichen Großbetriebs. Überhaupt ein talentierter Kerl, dieser Sebastian. Durfte sich aber nicht vom rechten Weg abbringen lassen. War er gut in Mathematik, dann standen ihm alle Türen offen, Steuerberater, Betriebswirt, Finanzdienstleister. Musste bloß fleißig sein. Nicht schwach werden und einer eventuell vorhandenen künstlerischen Neigung nachgeben; es gab da Lehrer, die verdarben die Schüler – der fröhliche, antiautoritäre Doktor Samstag etwa, o je ... Typen, die den jungen Leuten Flausen ins Ohr setzten und Flöhe auf den Kopf ... Und irgendwann war es zu spät. Dann wollten begabte kleine Rechenkaiser plötzlich Schlagzeuger werden, verschwendeten zwanzig Jahre ihres Lebens an den Dämon Untergrundkultur, und eines Tages standen ihnen keine Türen mehr offen, keine einzige; und was macht ein langhaariger Fünfundvierzigjähriger vor verschlossenen Türen? Er wird Türsteher …

So war das.

Koffner trat ans Fenster.

Von hinten durch das Nachtdunkel schimmerte leise die Kirchturmuhr. Halb drei. Dann war diese Stunde also schon zur Hälfte überstanden. Der Rest ließ sich bestimmt lesend totschlagen – es mussten ja nicht gerade misslungene Schularbeiten sein, auf Koffners Nachtkasten lag auch noch ein recht spannender Hercule-Poincaré-Krimi, in dem der Meisterdetektiv zwei Unbekannte ermitteln musste …

Der Professor hatte sich beinahe schon wieder vom Fenster abgewandt, als von draußen ein Klirren und Klimpern ertönte.

Was war das? Einbrecher? Einbrecher im Schulhof?

Mit spitzen Fingern schob Koffner den Fensterriegel zurück und reckte sich hinaus.

Die Geräusche kamen von der Gartenhütte. Das war doch … die kleine schwarze Elisabeth! Sollte die nicht längst schlafen? Was machte sie da hinter der Hütte? Kniete vor einem Fahrrad nieder, streichelte ihm beruhigend den Sattel und raunte ihm zu: »Sch, sch, sch, ist gut, schon gut, Brauner, alles gut, hier, ich hab dir einen leckeren Zuckerwürfel mitgebracht …«

Koffner legte die Hand hinters Ohr und kniff die Augen zusammen. Ja, war die Malefizgöre denn übergeschnappt?

Plötzlich bemerkte er, wie Elisabeth erschrak. Er erschrak mit, denn gleichzeitig hörte er Stimmen aus der Allee: Zwischen den Lindenbäumen sah er die Berte hervorbrechen, erst einen, dann zwei, dann drei, alle in vollem Wichs, mit Kappen und Säbeln, und zielgenau auf die Gartenhütte zuhalten. Also, das war ja allerhand! War denn von der ganzen Saubande kein einziger im Bett? Unfassbar! Koffner schnaufte und kletterte vor Empörung beinahe aus dem Fenster.

Elisabeth, so sah er jetzt, hatte sich eng an die Rückwand der Hütte gedrückt, um nicht entdeckt zu werden, während die drei Buben leise von vorne in die Hütte hineinschlüpften. Na wartet, ihr! Der Professor rollte Sebastians Schularbeitsheft zusammen. Gleich würde es was setzen! Er war gerade dabei, die Ärmel seines Pyjamas hochzukrempeln, um wie der donnernde Blitz dreinzufahren in diese schwer illegale nächtliche Versammlung dort unten, als aus der Gartenhütte plötzlich ein Lärm losbrach, Schreie und dumpfes Krachen; ein lautes Rumsen und Plumpsen, und dann ein Gebrüll, so schmerzhaft und falsch, als würde man eine sechsstellige Zahl mit Gewalt durch Null dividieren.

Professor Koffner war beim Ärmelaufkrempeln erstarrt. Weit hinausgelehnt stand er da, das zusammengerollte Heft in der Hand.

Jemand unter ihm öffnete die Fensterläden. Dann noch jemand, rechts über ihm. Lichtschein fiel heraus ins Schulhofgras. Erste Stimmen wurden laut: »Was ist denn da unten los?« – »Keine Ahnung, Herr Kollege!« – »Ein schauderhaftes Gebrüll!« – »Jemand sollte eingreifen!«

Ja, jemand sollte eingreifen. Reglos sah Professor Koffner zu, wie hinter der Gartenhütte die schwarzhaarige Elisabeth das Fahrrad erklomm, ihm die Sporen gab und unter lauten, verzweifelten »Hü! Hü!«-Rufen davonritt oder wenigstens -rodelte, nein: -radelte.

Reglos sah Professor Koffner zu, wie hinter der Gartenhütte die schwarzhaarige Elisabeth das Fahrrad erklomm.

Doktor Samstag bringt die Welt in Ordnung

Na, wenn jemand geglaubt hatte, dass solch nächtliches Allotria keine Konsequenzen haben würde, dann würde sich derjenige aber sauber getäuscht haben! Allotria hatte *immer* Konsequenzen, so wie alles im Leben seine Konsequenzen hat! Da muss man eben seinen Kopf hinhalten. Merkt euch das! Denn wenn man Angst vor den Folgen hat, tja, dann sollte man sich das eben vorher überlegen, stimmt's? Stimmt! Eben.

Die erste Konsequenz also war eine Konferenz, und zwar eine außerordentliche Konferenz, gleich am nächsten Morgen.

Wie immer, wenn eine solche einberufen wurde, war es auf den Gängen der Schule so still, dass man eine Stecknadel stecken gehört hätte. Rund um das Lehrerzimmer huschten geduckte Silhouetten, eilig gefolgt von den dazugehörigen Schülern. Die Kinder zogen die Köpfe ein wie Schafe, die man zur Guillotine führt. Spannung hing in der Luft wie eine übervolle Wäscheleine. Dicht und drohend zogen sich die Metaphernwolken zusammen.

Drinnen, hinter der grimmig verschlossenen Lehrerzimmertür, standen die Professoren versammelt. Manche unterhielten sich, ernst und leise, andere schwiegen mit gedämpfter Stimme. Ein Einziger saß alleine: Professor Koffner, der sich in eine Ecke zurückgezogen hatte und brütete.

»Achtung, er kommt!«, meldete Dozent Faßmeier. Und schon schwangen die Türflügel auf und der Direktor kam hereingeschneit. Er grüßte in die Runde, entzündete eine Zigarette und nahm dann mit tiefumnebelter Stirn am offenen Fenster Platz.

Professor Koffner hatte sich bei seinem Eintreten erhoben. Er stand da und wartete, dass die Krisensitzung eröffnet würde, aber der Direktor schwieg. Noch eine Höflichkeitssekunde geduldete sich Koffner, dann wurden die Blicke auf seiner Haut zu brennend, er machte eine kleine nervöse Händereibung und begann: »Sehr geehrte Herren, sehr geehrte Damen«, – er nickte reihum –, »wir haben uns zu dieser Krisensitzung versammelt, weil einige Schüler dieser Anstalt offenbar schon seit Längerem die Nacht zum Tage machen. Was ja, folgen wir Kopernikus, ein Vergehen mindestens gegen die Naturgesetze ist. Diese Schüler …«

»Die allesamt aus Ihrer Klasse stammen, Herr Kollege«, knurrte Professor Moserer.

Koffner ignorierte das. »Diese Schüler also freveln nicht nur gegen die natürliche Ordnung von Nacht und Tag, sie organisieren sich inzwischen auch in unterschiedlichen Gruppen – und anscheinend sogar in miteinander verfeindeten. Ich wurde gestern Nacht gegen zwei Uhr selbst Zeuge einer Auseinandersetzung in der Gartenhütte. Offenbar nützt eine der Gruppen diese Räumlichkeit schon länger, um nachts zu fechten, Bier zu trinken oder aus politisch etwas unkorrekten Liederbüchern zu singen …«

»Namen! Namen!«, forderten mehrere Lehrer.

Koffner räusperte sich. »Es handelt sich dabei um die drei Oberprimaner Norbert, Herbert und Drohbert«, gab er bekannt, »im Schülerjargon auch genannt ›die drei Berte‹.«

»Alle aus Ihrer Klasse«, warf Dozent Faßmeier ein.

Koffner bemerkte, wie ihm der Schweiß ausbrach. Er tat so, als hätte er nichts gehört. »Leider hatte gestern auch eine zweite Gruppe die Gartenhütte für ein Treffen auserkoren – eine Gruppe rund um den neuen Oberprimaner Sebastian, seine Klassenkollegin Elisabeth, Landwirtschaftserbin, sowie wiederum deren Klassenkollege Gernot, Vorzugsschüler und Schalträger des Jahres 2017.« Koffner schaute in die Runde, um sich Lob abzuholen, weil er diesmal gleich mit den Namen herausgerückt war. Aber es kam kein Lob. »Diese bisher Unbescholtenen«, fuhr er mit zunehmend wackliger Stimme fort, »trafen also auf die drei Berte, wodurch es zu einer Revierstreitigkeit kam. Im Zuge der Auseinandersetzung, welcher sich eine Beteiligte durch Flucht mittels eines Fahrrads entzog, wurde am Körper des Beteiligten Gernot ein erheblicher Sachschaden angerichtet, wohingegen sich der Beteiligte Sebastian, anscheinend durch rhetorisches Geschick, glücklicherweise seiner Haut erwehren konnte – so lange jedenfalls, bis ich am Tatort eintraf, um dem Ganzen ein Ende zu setzen. Weil ich ausgesprochen schnell reagierte, konnten gröbere –«

»Genug!«, kreischte jemand.

Es war die strenge Hilfslehrerin Karoline Edelstaberl gewesen. Sie war erst seit einem Semester an der Schule und noch in der Probezeit. Umso erstaunlicher war es, dass sie dem erfahrenen Kollegen Koffner vor dem gesamten Professorenkreis ins Wort fiel.

»Bitte, Frau Kollegin …«, wollte Koffner erwidern, doch er wurde übertönt.

»Wieso belästigen Sie uns mit Details?«, schrie Edelstaberl. »Es ist *Ihre* Klasse, Herr Professor Koffner, also sorgen Sie auch für Ordnung! Wenn Sie übrigens mich fragen«, setzte sie fort und blickte aus schmalen, toten Augen in die Runde, »dann ist daran die Laissez-faire-Mentalität dieser Schule schuld. Wir brauchen klare Regeln! Harte Strafen – nicht Lirum-Larum-Larifari und Multikulti, meine Damen und Herren Kollegen! Wenn ich mir vor Augen halte, dass es draußen, in der Erwachsenenwelt, kleinen Steuerhinterziehern unerbittlich an den Kragen geht oder dass angesehene Wirtschaftsvorstände, die sich höchstens an leblosen Euros vergreifen, jahrelang hinter Gitter kommen, während wir hier drin Gewaltverbrecher mit Samthandschuhen anfassen – dann stelle ich schon die Frage nach der Verhältnismäßigkeit! Aus lauter Mitgefühl und Verständnis lassen wir nämlich jugendliche Kriminelle frei herumlaufen, und zwar oft schon Monate, bevor es überhaupt zur Tat kommt! Wir brauchen strenge Prävention – Nulltoleranz – nein, weniger als null, wir brauchen eine Minustoleranz – das Volk begreift diese Unverhältnismäßigkeit nicht – schauen Sie nur einmal in die sozialen Medien hinein, die Sorgen der Menschen, die Ängste …«

Koffner hatte den Mund geöffnet, um sie zu unterbrechen, musste ihn aber allmählich wieder schließen, bevor ihm die Schleimhäute austrockneten. Er spürte, dass er hier vor einer Mauer stand. Die ganze Runde, von Dozent Faßmeier über Professor Moserer bis hin zur tobenden Hilfslehrerin Edelstaberl selbst – sie alle machten ihn für die nächtliche Katastrophe verantwortlich. Ihn allein! Sogar Miss Crosspower, die freundliche junge Tanzlehrerin, bröckelte. Aus nass schimmernden Augen starrte sie Koffner an. Es war, als wollte sie fragen: Warum nur? Warum? Wie sollen wir aus diesen testosterongelenkten Bestien jemals disziplinierte junge Menschen formen, die unseren Schulball würdig eröffnen können? Gleich würde sie losplärren, die Crosspower. Und dabei wusste Koffner doch ansonsten recht genau, wie man Schüler formte! Ein Schüler, das war menschliche Knetmasse, die man nur in die entsprechende Fasson prügeln musste. War es möglich, dass er, der Erziehungsprofi Koffner, vor seinen eigenen Schutzbefohlenen kapituliert hatte? War er etwa – weich geworden ...?

Professor Koffner spürte Wut in sich hochkrabbeln. Mühsam beherrschte er sich und zählte langsam bis zehn (oder genauer gesagt: zog langsam die Wurzel aus 339): Je länger er der kreischenden Edelstaberl zuhörte, desto stärker begann ihm die Hand zu jucken. Schon hatte er die Finger zweimal knacken lassen und spürte, dass er gleich zuschlagen würde, als er plötzlich Unterstützung von ungewohnter Seite bekam.

Und zwar von Doktor Samstag.

Ausgerechnet Doktor Samstag – der fröhliche, antiautoritäre Musiklehrer! Leise summend war der bisher am Rand gestanden und hatte seinen Taktstock gewienert. Aber nun hielt er offenbar die Zeit für gekommen, sich einzumischen. Mit einem flotten Schritt trat er in die Mitte des Lehrerzimmers, zwischen die kreischende Edelstaberl und den arg gerupften Koffner, und hob begütigend die Hände: »Kollegen! Kollegen!«, rief er. »Wir wollen doch einmal ein bisschen Dampf aus der Kacke lassen ...«

»Unerhört!«, schrie die unterbrochene Edelstaberl. »Was ist das für eine Gossensprache?«

Doktor Samstag lächelte. »Die Sprache der Jugend, Frau Kollegin. Ich staune, dass Sie damit nicht vertraut sind! Wo Sie doch schon ein halbes Jahr an unserer Anstalt unterrichten ...«

Die Edelstaberl schnappte ins Leere.

»Außerdem ist das Strafen doch gar nicht Ihr Ressort, liebe Kollegin«, fuhr Samstag unbeirrt fort und warf Koffner einen aufmunternden Blick zu. »Und auch Sie, meine Herren Faßmeier und Moserer, sollten sich nicht gar so sehr in Rage reden. Als wären die drei Berte exklusiv ein Problem von Professor Koffner …«

»Was denn sonst?«, rief Faßmeier.

Doktor Samstag lachte. »Die Sorte Lümmel gibt es doch an der ganzen Schule! Mensuren schlagen, markige Lieder singen, saufen gehen und Wotan einen guten Mann sein lassen – das ist eben die moderne Zeit. So ist sie halt, die heutige Jugend. Das verstehen wir alten Spießer eben nicht mehr …«

»Sie legen sich aber mächtig ins Zeug für diese Kleinkriminellen«, knurrte Professor Moserer.

»Kleinkriminelle?«, Samstag berührte Moserer schalkhaft mit dem Taktstock. »Nun, Kollege Moserer, wenn Sie zugeben, dass Sie selbst als Schüler mit dieser Art von Kleinkriminellen höchst vertraulichen Umgang gepflegt haben, damals, in Kärnten – dann will ich die heutige Jugend gerne ebenso bezeichnen.«

Moserer verstummte verlegen.

»Kommen Sie, Professor Moserer! Sie sind heute ein angesehenes Mitglied unserer Kollegenschaft – oder etwa nicht? So etwas wächst sich aus! Wir sollten unsere Berte also nicht zu streng anfassen. Auch wenn es gelegentlich zu einer kleinen Rauferei kommt. Außerdem: Loswerden können wir die Lümmel ohnehin nicht. Ja, wenn sich der ungezogene Efgani so aufführen würde oder jemand aus unserer Flüchtlingsklasse – den könnten wir einfach rausschmeißen und auf eine Ausländerschule schicken. Aber die drei Berte?« Samstag lachte hell. »Die sind ja bestimmt vieles, aber nun mal leider keine Ausländer!«

Professor Koffner hatte der Verteidigungsrede skeptisch gelauscht. Fast hätte er jetzt die Hände gehoben und applaudiert, aber dann entschied er sich zur Zurückhaltung. Verstohlen schob er die Hände hinter den Rücken und prüfte lieber, wie die Kollegen Doktor Samstags Worte aufnahmen.

Was er sah, beruhigte ihn. Die Gesichter der Lehrer hatten sich entspannt. Professor Moserer schaute auffällig interessiert in seinen eigenen Ärmel hinein. Selbst der grimmige, riesenhafte Dozent Faßmeier blickte jetzt einigermaßen versöhnt aus der Höhe. Und der Direktor am Fenster? Der war beim Rauchen eingeschlafen.

Miss Crosspower, die Doktor Samstag leidenschaftlich und heftig nickend zugehört hatte, wagte einen Walzerschritt nach vorne. »Was also schlagen Sie vor, Doktor Samstag?«

»Folgendes, liebe charmante Frau Kollegin.« Samstag machte einen Kratzfuß. »Statt uns aufs Strafen zu konzentrieren, sollten wir vielmehr die konstruktiven Kräfte unter der Schülerschaft stärken. Jene Schüler also, die sich dem Streit verweigern. Wie diese Elisabeth, die nach dem Bericht von Professor Koffner den Kampfplatz geordnet mit dem Fahrrad verlassen hat. Oder – wie war noch sein Name? – Sebastian, der die Situation durch rhetorisches Talent zu entschärfen vermochte. Solche Kinder gilt es zu fördern. Ja, auf diesen beiden sollte unsere Hoffnung ruhen: Sebastian und Elisabeth! Mit Ihrer Erlaubnis, meine Damen und Herren, würde ich mich der Sache annehmen …«

Hegemonialkämpfe

Aber nicht nur im Lehrerzimmer ging es in diesen Minuten ans Eingemachte! Auch in der Oberprima herrschte faustdicke Luft. Wie eine unsichtbare rote Linie zog sich dabei ein Trennungsstrich durch die Klasse hindurch als Fanal der Abgrenzung: Rechts die drei Berte, die auf ihren Pulten herumsprangen und sich mächtig aufplusterten, links hingegen – erraten! – Sebastian und seine Freunde, die ihnen nach Kräften Kontra gaben. »Schäbige Lumpen seid ihr!« – »Nanana, was sind denn das für Ausdrücke!« – »Derartiges Gesindel gehört vor den Volksgerichtshof!« – »Ätsch, ohne rechtsstaatliche Anklage geht das nicht!« – »Kurzer Prozess gehört da gemacht!« – »Dafür müsst ihr uns aber erst einmal beweisen, dass wir euren Hüttenzauber absichtlich stören wollten, vorher gilt nämlich die Unschuldsvermutung!« – »Parasiten seid ihr! Schädlinge, die man austilgen muss aus einer ehrlichen deutschen Klasse!«

Wahrlich, man schenkte sich nichts! Seitens der Sebastian-Bande war es vor allem Elisabeth, die dagegenhielt. Denn Gernot war komplett vergipst und konnte nicht sprechen, während Sebastian selbst es vorzog, die zornigen Berte mit Schweigen zu strafen. Das hatten die jetzt davon! Aber wenn er gedacht hatte, seine noble Zurückhaltung würde die drei Rowdys milde stimmen, so täuschte er sich sehr. Im Gegenteil, sein Schweigen stachelte sie sogar noch an.

»Volksverräter!«, schrie einer der Berte immer wieder. »Unsere Rituale und Bräuche wollt ihr uns wegnehmen! Unsere liebgewonnenen Gartenhüttentraditionen! Da kommt der feine Herr Sebastian – wer hat ihn denn eigentlich gerufen? –, dringt ungebeten in unsere Klasse ein – unterwandert uns –, verschwört sich mit Emanzen und berüchtigten Kulturbolschewiken«, er rang nach Luft, »und macht uns unsere Hoheitsgebiete streitig! Will uns alteingesessene Hüttenfreunde verdrängen! Aber nicht mit mir!« Seine Stimme war in erstaunliche Höhen geklettert, er schrie jetzt gegen die gesamte Klasse, mit hackenden Gesten, und aus seiner blutunterlaufenen Brille sprühten die Funken: »Nicht mit mir! Nicht in meiner Hütte! Wir Hüttler müssen Herren im eigenen Gartenhaus bleiben! Schmeißen wir sie raus, die klassenfremden Elemente! Ich frage euch also: Was wollen wir sein?« – »Hütt-ler! Hütt-ler! Hütt-…!«, skandierten bzw. sekundierten ihm die beiden anderen Berte und droschen dazu arhythmisch ihre Klatschhände aneinander (vgl. hierzu das Publikum etwa von »Musikantenstadl« oder »Schlagernacht am Wörthersee« oder auch vom Neujahrskonzert/Wiener Musikverein, Zugabe: »Radetzkymarsch«).

Sebastian ließ all das auf sich einprasseln. Stumm und aufrecht saß er auf seinen Po-Muskeln und richtete den Blick fest auf die Hüttler-Berte. In all dem Lärm und Streit hatte er sich nämlich wieder seiner besonderen Begabung entsonnen, sich in Menschen einfühlen zu können; nun versuchte er es bei den drei Rowdys. Denn er wollte endlich verstehen, was in ihnen vorging.

Erst klappte es nicht. Er drang einfach nicht hinter ihren Hass. Ganz ruhig und hohl fühlte er sich innen, nichts rührte sich, kein Lüftchen blies. Dann aber fiel ihm ein, wie er den Trick bei Efgani durch Vortäuschung beschleunigt hatte, und er kniff die Augen zusammen und faltete die Hände an der Stirn; identifizierte sich noch einmal mit voller Kraft mit den Berten, und endlich tat sich etwas: Ihr Anblick verschwamm vor seinen Augen, sie verdoppelten sich scheinbar … dann verdreifachten sie sich … Sebastian bebte vor Konzentration, immer mehr Berte sah er vor sich, einer schlüpfte aus dem anderen, und allmählich füllten sie die ganze Klasse – die ganze Schule! –, verschmolzen vor Sebastian zu einem dicken, uniformen Block, und endlich drang er in ihr innerstes Wesen, gegen einen letzten leisen Widerstand glitt er hinein, und was er dort drinnen sah, erschreckte ihn: denn innendrin, das fühlte Sebastian plötzlich brennend, ähnelten sie alle – ihm …

Gab's denn das?

Er wollte sich schütteln, doch seine Vision nahm noch einmal an Intensität zu. Aus den Hunderten klatschenden Berten sah er sich selbst emporwachsen, ein riesenhafter Sebastian vorne auf einem Podium, der offenbare Anführer der ganzen enthemmten Rabaukenbande, von denen alle dachten und fühlten wie er. Mit kantigen Dirigierbewegungen ließ er den Applaus der Berte auf- und wieder abschwellen. Beide Hände hielt er dabei etwa auf Brusthöhe, die Fingerspitzen fein auf die Daumen gepresst, als würde er vorsichtig zwei rohe Ostereier schütteln, um zu hören, was drinnen ist – hoch, nieder, hoch, nieder …

Ganz deutlich sah er diese Bewegungen …

»Sebastian! Sebastian!«

Hurra, hurra, die Penne (arrabiata) brennt (an)

»Sebastian!«

»Hm?« Gewaltsam riss er sich aus seiner Vision. Wer rief ihn? Es war Elisabeth! Sie saß neben ihm, wie immer, und ruckelte an seiner Schulter herum bis zur Auskegelung. Aua! Und: nanu? Wieso war es denn plötzlich so still in der Klasse geworden?

»Sebastian«, zischte sie, »die Stunde hat begonnen!«

Das Bild seiner selbst, Sebastians, wie er erhöht dastand, in Dirigentenpose, mit seiner Gestik die Massen massierend, verwischte sich, sein volles, knackiges Haar schwand, flüchtete sich über die Stirn, fort über den Kopfgipfel, und eine rosige Vollglatze schälte sich an die Oberfläche; die Ohren dieses Dirigenten schrumpften gleichmäßig ein wie zwei Weichtiere, die in ihre Muscheln zurückwichen, breit zog ein Lächeln das Gesicht nach beiden Seiten auseinander, allein der Dirigentenfrack blieb dem Phantom, und jetzt hielt es gar einen Taktstock in der rechten Hand: Das war doch – Doktor Samstag! Der Musiklehrer Doktor Wolfgang Samstag, der vorne im Klassenraum stand und auf Sebastian herniederlächelte!

Wie vom Tabernakel gestochen, sprang Sebastian auf.

»Entschuldigen Sie, Herr Doktor«, stotterte er, »mir war gar nicht bewusst, dass wir jetzt Musikstunde haben ...«

Das war doch – Doktor Samstag! Der Musiklehrer Doktor
Wolfgang Samstag!

»Haben wir auch nicht, Sherlock Holmes.« Doktor Samstag schmunzelte. »Aber schön, dass du dich nun auch zur geistigen Teilhabe bequemst!« Er feixte, und Sebastian fühlte seine Wangen rot werden. »Na, setz dich erst mal wieder, Junge. Besser schlecht gesessen als gut gestanden«, zwinkerte Samstag und sank selber im halben Schneidersitz aufs Lehrerpult. »Ihr fragt euch sicherlich, liebe Oberprima, welche Bedeutung meiner Anwesenheit zukommt. Nun, ich bin heute hier, um euch mitzuteilen, dass sich euer guter Professor Koffner krankgemeldet hat. Ihr habt dem alten Knaben leider ganz schön zugesetzt.« Bei diesen Worten verschränkte er die Arme und erzeugte mit der Stirn einen bekümmerten Faltenwurf, während sein linkes Augenlid schelmisch flatterte. Das bedeutete bei ihm immer: Ruhig Blut, Komantschen – zwar rede ich Tacheles, doch es wird nichts so heiß gebraten, wie es gekocht wird! »Ich habe darum die Ehre, euer Vertretungslehrer zu sein. Und ich glaube, wir werden viel Spaß miteinander haben«, sagte er und blinzelte heftig weiter. »Denn wisst ihr, die Penne muss nicht immer bierernst sein. Auch wir Pauker gehen zum Lachen nicht in den Weinkeller. Und, Hand aufs Herz: Einen gepflegten Jokus können wir allemal vertragen. Aber jetzt mal unter uns«, und sein Tonfall sackte ins Mahnend-Väterliche, »das Leben ist nicht immer nur eitel Sonnencreme. Manchmal hält es auch ernste Botschaften bereit – die man aber zum Glück in fröhliche Melodien verpacken kann! Gebt mal acht …«, und er klatschte in die Hände und rutschte vom Lehrertisch:

»Wenn du deine Aggressionen nicht mehr zügeln kannst«,

sang er (und irgendwo im Hintergrund orgelte ein hüpfender, maßvoll überdrehter Dur-Akkord los),

»Wenn du pubertierst, doch niemanden verprügeln kannst,
wenn du deinen Frust am Klassenlehrer auslassen willst,
wenn du in der großen Pause die Sau rauslassen willst –
Lauf nicht Amok, das ist doof, sondern denk einfach mal an
Peter Alexander statt an Dschingis Khan!
Was hätte der denn wohl getan …?

Sei nicht dumm, zähl bis 10 und sing ein Lied!
Sei gescheit, zähl bis 10 und sing ein Lied!
Sing ein Lied, komm mach mit, sei dabei!
So ein Lied, so ein Lied macht dich frei, tut nicht weh –
denn ein Lied ist wie ein Bad in einem See!«

Es war unglaublich! Denn Doktor Samstag sang nicht nur, nein, er durchquerte beim Singen auch noch leichtfüßern die gesamte Klasse von vorne nach hinten – wie ein Conférencier, mit kleinen, lustigen Hopsern, wenn er überzählige Silben zu meistern hatte. Im Vorbeitänzeln stieß er die männlichen Schüler buddyhaft mit dem Ellbogen, schäkerte mit den Schülerinnen, vertiefte seinen Lehrerblick in manch blaues Augenpaar und ließ die Mädchenköpfe reihenweise erröten. Pünktlich zur Halbzeit des Liedes aber drehte er um und steuerte wieder dem Lehrertisch zu:

»Wenn du jung bist, voller Träume, voller Testosteron«,

sang er,

»dann ist Fleiß und gutes Lernen deine beste Option!
In jeder Klasse gibt es Klassengegensätze,

doch die löst man nicht mit Hassen, nicht mit Hetze,
Streit und Zank und Hader bringen euch nicht weit
und schwächen eure Wettbewerbsfähigkeit!

Drum … sei gescheit, zähl bis 10 und sing ein Lied!
Nur kein Neid, zähl bis 10 und sing ein Lied!
Sing ein Lied, komm, mach mit, sei dabei!
So ein Lied, so ein Lied macht dich frei, tut nicht weh,
denn ein Lied ist wie ein Bad in einem See!

So ein Lied – und ein guter Wiener Schmäh!«

Applaus! Applaus! Doktor Samstag drehte sich, verbeugte sich, trocknete die schweißnasse Stirn spaßhalber mit dem Fenstervorhang und lächelte verschmitzt. Ei ja – diese Oberprima!, dachte er. Was für eine Rasselbande. Exemplarische Taugenichtse und Tunichtgute, o ja, Schlitzohren und Schandmäuler und Frechdachse, gewiss – aber alle mit den Herzen auf den rechten Flecken! Man konnte ihnen einfach nicht böse sein. Denn wenn man die Jugend nur einigermaßen richtig zu nehmen verstand, dann ließ sie sich immer auf den richtigen Weg tricksen. Ein kleiner Scherz nur, ein freundliches Entgegenkommen, ein kurzer Appell in ihrer eigenen Sprache, der Sprache der *Music* – und schon zerknackten die Panzer ihres jugendlichen Zynismus wie Nüsse unter einem singenden Schwertransporter, und aus den Nussschalen schlüpften harmlose Küken. So leicht ging das – so einfach konnten Lehrer und Schüler Freunde werden!

Sebastian am Ziel

Sebastian war begeistert von dem Vortrag. Fast wider Willen war er aufgestanden und applaudierte als Einziger stehend, mit durchgebogenem Rücken. Doktor Samstag, dem das aufgefallen war, wartete, bis der Jubel abklang, verteilte noch ein paar letzte High-Fives in der ersten Reihe und nickte dann zu Sebastian hinüber.

»Ja, Sherlock?«

»Bravo!« Sebastian klatschte aus. »Ihr Lied, Herr Doktor, hat uns die Augen geöffnet. Es tut uns, und da glaube ich, für alle sprechen zu können, leid, dass wir dem Professor Koffner so übel mitgespielt haben …«

»Das sollte es auch«, sagte Doktor Samstag ernsthaft. »Wisst ihr, euer lieber alter Rudolf Koffner hat bestimmt eine ganze Menge Macken und Schrullen – aber er meint es gut mit euch. Umso wichtiger ist es, dass ihr gemeinsam Verantwortung übernehmt für das, was ihr angestellt habt.«

»Gemeinsame Verantwortung.« Sebastian machte eine Dirigierbewegung. »Da sind Sie, glaube ich, an der richtigen Adresse.«

»Ja, vor allem bei dir«, neckte ihn der Lehrer. »Du warst doch gestern Nacht ganz vorne mit dabei in der Gartenhütte, oder nicht?«

Autsch! Das hatte gesessen. Sebastian zog ein Duckface.

»Gut«, sagte er und massierte seine Hände. »Nehm ich zur Kenntnis. Natürlich können wir jetzt anfangen, einander gegenseitig vorzurechnen, wer zu welchem Zeitpunkt an welchem Ort war. Aber wenn man einzelne Schüler pauschal zu Raufbolden stempelt, dann leistet das, fürchte ich, einer gewissen Schulverdrossenheit ganz gewaltig Vorschub. Da muss man schon differenzieren. Aber bitte. Es stellt sich allerdings für mich eine viel wesentlichere Frage: Inwieweit haben wir – wir alle! – durch unser Verhalten, aktiv oder passiv, dazu beigetragen, dass unser Image, salopp gesagt, im Keller ist? Dass uns alles erdenklich Schlechte zugetraut wird? Inklusive nächtlicher Prügelexzesse? Ich glaube, wir müssen uns alle selbst einmal gehörig bei der Nase nehmen. Wir müssen wieder Vertrauen bilden, Vertrauen zwischen uns und dem Lehrkörper, aber auch Vertrauen untereinander, denn Vertrauen ist die härteste Währung, die es gibt. Nur aus Vertrauen kann größtmögliche Klarheit erwachsen.« Er formte mit den Händen einen Ball. »Denn wichtig ist, dass am Ende aus Vertrauen Verantwortung wird.«

Doktor Samstag kratzte sich nachdenklich die Kopffläche.

Elisabeth war aufgestanden.

»Ja, Frau Gesangsverein?«

»Wenn ich auch etwas dazu sagen darf, Herr Musiklehrer …«

»Selbstverständlich.«

»Ich glaube, dass jetzt, wo die Welt im Umbruch ist – man nehme nur den Rücktritt von Professor Koffner –, dass wir jetzt dieses Vertrauen, von dem Sebastian spricht, auch an einer Person festmachen müssen. Und damit meine ich: an einem Klassensprecher.«

»Aha.« Doktor Samstag rieb sein Kinn. »Ein Klassensprecher. Hast du dabei an jemand Speziellen gedacht?«

Statt einer Antwort ergriff Elisabeth Sebastians Hand und reckte sie stumm in die Höhe.

Doktor Samstag machte große Augen. »So?«, quiekte er. Die Überraschung in seiner Stimme klang nicht ganz echt. »Na, das ist ja ein dicker Hund! Allerhand. Klassensprecher Sebastian. Ach, du liebes Ei. Aber weißt du, Elisabeth, dass man für eine Kandidatur auch noch einen zweiten Unterstützer benötigt?«

»Ich glaube, auch Gernot möchte seine Hand heben«, sagte Elisabeth.

Doktor Samstag betrachtete stirnrollend den vergipsten Jungen, der aufgeregt auf seinem Platz hin und her wackelte. »Ja? Möchtest du das, Gernot?«

»Klar möchte er«, rief Elisabeth, beugte sich schwuppdiwupp zu Gernot hinüber und wuchtete seinen rechten Arm beherzt in die Höhe.

Der Musiklehrer nickte befriedigt. »Eins, zwei. Na, dann ist ja den Regeln famos Genüge getan. Als euer amtsführender Klassenlehrer bestätige ich hiermit die Korrektheit des Zustandekommens. Nun, Sebastian, nimmst du deine Nominierung an?«

Es war ganz still im Klassenraum. Nur ein leises, durchdringendes Wimmern aus Gernots Gips war zu hören. Sebastian trat von einem Bein auf das andere. »Das Vertrauen ehrt mich«, antwortete er mit leicht verzogener Stimme. »Und wenn das Vertrauen ruft, haben die persönlichen Vorbehalte Sendepause. Da muss die eigene Bequemlichkeit hintanstehen … also, kurz und gut: Ja, ich bewerbe mich heute ganz bewusst als Klassensprecher der Oberprima.«

»Bravo«, entfuhr es Doktor Samstag.

»Weil nämlich bei uns vieles im Argen liegt«, fügte Elisabeth eifrig hinzu.

»So?« Der Lehrer runzelte die Glatze. »Was denn zum Beispiel?«

»Zum Beispiel im Schulhof!«, platzte Sebastian heraus. »Entschuldigen Sie, ein Satz nur – aber es kann ja wirklich nicht sein, dass es in der Nacht im Schulhof drunter und drüber geht. Wir haben da viel zu lange die Augen verschlossen. Jetzt ist einmal Ehrlichkeit angesagt. Wir brauchen ein festes, gut schließendes Schultor und vor allem eine stabile Mauer rund um diesen Hotspot, vermutlich sogar eine Aufstockung des Sicherheitspersonals. Die derzeitige Regelung erlaubt ja leider, dass Unbefugte theoretisch völlig ungehindert über die Mauer oder über den Zaun klettern und im Schulhof tun und lassen können, was sie wollen. Hier braucht es meiner Meinung nach ein klares Entscheiden – damit der Kriminalität, vor allem der gefühlten Kriminalität, nicht mehr länger Tür und Tor geöffnet ist. Es ist ja kein Geheimnis, dass die Eigentumsdelikte in letzter Zeit stark zunehmen …«

»Vor allem Rollstuhldiebstähle«, warf Kira ein.

»Vor allem Rollstuhldiebstähle, genau«, wiederholte Sebastian und übernahm ihr Argument mit beiden Händen. »Diese Delikte gilt es in den Griff zu bekommen. Denn es ist eine Schande, wenn die Schwächsten unserer Gesellschaft nicht ausreichend geschützt werden vor fremden Eindringlingen, die …«

»Fremd!«, höhnte es aus der Ecke der drei Berte. »Das wart doch ihr! Der Rollstuhldiebstahl, das geht doch glasklar auf euer Konto!«

Sebastian drehte sich gar nicht erst um. »Es ist überraschend, dass gerade eure Fraktion, die doch ansonsten für eine sehr restriktive Haltung bei Fremdenkriminalität bekannt ist, jetzt plötzlich ihre Toleranz entdeckt«, argumentierte er sachlich.

»Fakt ist doch: Es reicht schon, dass wir hier in der Klasse unsere hausgemachten Probleme haben, da brauchen wir keine zu importieren. Die Konflikte, die von außen zu uns hereingetragen werden …«

Efgani, der stolze Türke, war aufgesprungen. »Konflikte von außen!«, schrie er und schlug auf sein Pult. »Wenn ich das schon höre! Immer geht es nur um Konflikte von außen! Als wären wir Fremden alle hochaggressiv und würden bei der kleinsten Kleinigkeit in die Luft gehen!«

Sebastian lächelte. »Du hast mir nicht richtig zugehört, Efgani. Pauschalisierungen über Fremde halte ich für töricht«, stellte er unmissverständlich klar. »Aber den schwarzen Schafen, den Fanatikern und Extremisten, die es leider gibt – denen müssen wir mit aller Entschiedenheit entgegentreten. Wer die Grenze zur Radikalität überschreitet, der muss die volle Härte des Gesetzes spüren! Ganz gleich, ob Linksextremismus, Stalinistik oder religiöser Extremismus. Das ist bei uns …« An dieser Stelle aber spürte er rechts auf seiner Wange den brennenden Blick von Gudrun aus dem Herrgottswinkel, und er präzisierte exakt: »Wobei wir aber eines klar und deutlich sagen müssen: Aus unserer *eigenen* Kultur kann kein religiöser Extremismus abgeleitet werden. Denn unsere Kultur wurzelt in der Mitte der Gesellschaft – wo auch sonst –, und die Mitte kann per definitionem nicht extrem sein. Sonst wäre sie ja der Rand. Wir sollten uns also bewusst machen, dass unser Wertefundament ein durchaus christliches ist, christlich-jüdisch meinetwegen, und dass die Kraft des Glaubens uns helfen kann, Entbehrungen zu ertragen und uns über Zeiten des Mangels hinwegzuhelfen …« Hier aber fühlte er, wiederum aus einer anderen Ecke, den bangen Blick des dicken Harald, drehte sich ein wenig in den Scharnieren, räusperte sich und stellte klar: »Wobei zu unserer wunderschönen Kultur, da sind wir uns bestimmt alle einig, nicht nur die Askese gehört, sondern vor allem auch die Köstlichkeiten unserer wunderschönen Nationalküche. Ich sage nur Leberkäse, Mehlspeisen, Fanta. Weshalb es mir ein Anliegen ist, dass unsere Heimat hier groß geschrieben wird, und dass als erste Sofortmaßnahme in unserem Pausenraum schnellstmöglich ein Süßigkeitenautomat aufge-... auf-, aufgestellt... – w-wird ...«

An dieser Stelle versagte ihm die Stimme. Er schnappte zweimal lautlos in die Luft wie ein Esel, hielt sich schnell die Hand vor den Mund und versteckte den Einbruch hinter einem Räuspern. Na gut, dachte er, vielleicht reicht das eh, vielleicht ist die Message bereits angekommen. Bei Harald ganz sicher: Sebastian sah ihn aus dem Augenwinkel frohlocken. Unauffällig schielte er weiter zu Gudrun: Ein zweiter Volltreffer, ihr Blick war weich und zustimmend geworden. Und Efgani? Auch den hatte Sebastians harte, aber differenzierte Sichtweise merklich beeindruckt, ungewohnt still lümmelte der Türke grübelnd in seiner Bank. Sebastian ballte die Räusperhand unauffällig zur Siegerfaust. 3:0.

Doktor Samstag hatte der Rede aufmerksam gelauscht, jetzt lächelte er. »Gibt es noch Fragen? Keine Fragen? Alles klar? Kolossal. Nun, dann würde ich sagen, schreiten wir zur Abstimmung ... Wer die Kandidatur von Sebastian unterstützt, möge bitte ein Zeichen geben.«

Augenblicklich, fast gleichzeitig schnellten die Hände von Gudrun, Harald und Efgani in die Höhe. Etwas verzögert folgte ihnen Kira. Sebastian quittierte jede Stimme mit einem Nicken. Elisabeth war ohnehin mit an Bord, Gernot sowieso, und eins-zwei-drei war die absolute Mehrheit erreicht. Nur die drei Berte enthielten sich. Und natürlich Sebastian selbst – aus Bescheidenheit.

»Damit ist der neue Klassensprecher gewählt«, verkündete Doktor Samstag.

Ein großer Applaus brach los.

Sebastian ließ ihn mit geschlossenen Augen über sich ergehen. Wahnsinn, dachte er, Wahnsinn. Er hatte es wirklich gepackt! Er war Klassensprecher! Oberhaupt der schönsten Klasse der Welt! Trotz Gegenwind! Gerührt molk er sich eine Träne aus dem Auge. Oh, er würde dieses Amt mit großer Demut ausüben! Wenn er ehrlich war, dann musste er zugeben, dass er es ja eigentlich nie angestrebt hatte. Ein ganz normaler Schüler hatte er sein wollen, nichts weiter als ein …

»Nimmst du das Amt an?«, hörte er die Stimme des Musiklehrers an seinen Ohren vorbeiziehen.

Mit einem Ruck drehte sich Sebastian herum. »Liebe Mitschüler!«, rief er und dämpfte den Lärm mit den Händen. »Ich danke euch von ganzem Herzen. Danke. Wenn ihr mich heute ganz ehrlich fragt, dann muss ich zugeben: Eigentlich habe ich das Amt des Klassensprechers nie angestrebt. Ich wollte immer nur ein ganz normaler Schüler sein, genau wie ihr: fleißig, ein bisschen frech und hin und wieder den Lehrern einen Streich spielen. Tun, was wir jungen Leute eben tun, auch mal fortgehen und feiern, das ist ja ganz normal für uns, denn wer arbeiten kann, der kann auch Party machen – aber immer im Rahmen, mit Maß und Bein … Kurz, ich wollte nie Klassensprecher werden. Aber vielleicht bin ich gerade deshalb ideal für dieses Amt, *weil* ich es nie angestrebt habe. Ich glaube«, er rang wallend die Hände und richtete den Blick gen Kruzifix, »dass die Veränderung, der neue Stil, den ihr euch erwartet habt, genau das ist, was ihr wolltet, als ihr mich gewählt habt. Und zwar genau dafür. In einer Demokratie hat die Demokratie immer recht. In diesem Sinne, liebe Klasse, möchte ich euch allen sehrsehr herzlich danken und nehme die Wahl an. Danke.«

Hoch von seinem Katheder herab lächelte Doktor Wolfgang Samstag ins Land hinein. So!, dachte er glücklich. Das wäre geschafft. Da war die Sache also optimal wunschgemäß gelaufen! Die Kollegen würden zufrieden sein. Mit solch einem famosen Jungen an der Klassenspitze konnte eigentlich nichts mehr schiefgehen. Im Gegenteil, da lief alles wie auf Schiene! Da biss die Maus kein Schnürchen ab! Stolz konnte man sein, stolz auf diese Klasse, die sich am eigenen Schopf aus der Malaise gezogen hatte, einfach oberprima, diese Oberprima, schmunzelte er, und fast bekam er schon wieder Lust zu singen – ein Abschiedslied vielleicht? Schon hörte er innerlich, tief unter seiner Glatze, die Eröffnungstakte einer Melodie losbrechen, er leckte sich die Lippen, im rhythmischen Applaus der Schüler begann er mit den Fingern zu schnippen, »und eins, zwei, eins-zwei-drei-vier«, zählte er, holte tief Atem und croonte schmelzend los:

»Kennt ihr seinen Namen?
Seinen Namen kennt ihr gut.
Seine Träume, seine Dramen,
und auch seines Herzens Glut.

Hier ist ein Mensch, von euch gewählt,
einer wie ihr – das ist, was zählt,
hier ist ein Mensch: Se-bas-ti-án.
Ihr wähltet ihn – – 's ist wohl getan!«

– Und so fand also auch dieses Abenteuer im Internat mit einem beschwingt nachdenklich dröhnenden, doch von der Klasse stürmisch akklamierten Evergreen aus Doktor Samstags unauslotbarem Repertoire nicht nur ein sinniges, die ganze Rahmenhandlung perfekt auf ihre Message zusammenstauchendes Resümee, sondern auch sein glückliches und verdientes

ENDE

Na ja, das ging jetzt ein bisschen abrupt. Es gibt da, zugegeben, doch noch ein paar Handlungsfäden, die ziemlich ratlos in die Luft ragen, und wie sieht denn das aus? Der anfangs eingeführte Hausmeister etwa – wo ist der denn geblieben? Was hat es mit Sebastians Zauberkräften auf sich, kann das vielleicht einmal jemand erklären? Bitte, danke. Und die drei Bösewichter Norbert, Herbert und Grobert sind auch nicht richtig besiegt, nicht einmal befriedet, da fehlt einfach komplett das kathartische Moment. Stattdessen ist uns auf den letzten Seiten noch ein vollkommen überflüssiger neuer Charakter reingedrückt worden, also Entschuldigung bitte, was soll denn das: Ein singender klingender Musiklehrer und bester Freund aller Schüler, der nur deswegen zu den jungen Leuten durchdringt, weil er – Schlagermelodien beherrscht? Und komische Grimassen schneidet? Und während seiner Singer- und Zwinkerei wie ein Flamingo durch die Klasse spaziert? Solche Faxen genügen, eine Horde doch irgendwie aufsässig gesinnter Achtzehnjähriger geschlossen einknicken und die Revolution abblasen zu lassen? Ich meine, all das Emil-Blyton-Gewäsch zuvor, das war ja ganz nett, dieses Internats-Gewusel, diese Intrigen, Bandenfehden, Cliquen- und Grüppchenbildungen, Mutproben, Erste-Liebe-Feelings und Ich-bin-dein-Freund-ich-bin-nicht-mehr-dein-Freund-Konjunktur-schwankungen, das hatte noch irgendwie Charme, aber das jetzt, dieses schwer fragwürdige Absinken in die Schleimtiefen der

Pauker- und Lümmelfilme der Siebzigerjahre – diesen schein-progressiven Gefühlsmorast, in dem junge Lehrer zwar Koteletten und Glockenhosen tragen dürfen, aber ansonsten das genau gleiche schwärzest reaktionäre Gedankengut vertreten wie ihre autoritären alten Kollegenspießer, solange sie nur singen – *singen!!* – ui je, schnell wieder raus aus dieser Welt, unerträglich ist das, ui je, eine grausige künstlerische Verirrung, zumal der Doktor Samstag ja auch gar keine Funktion auszufüllen hat – welche denn auch? Mentor für Sebastian? Dass ich nicht lache, an Mentoren herrschte doch schon bisher wahrlich keine Not, bitte, der alte unsichtbare Hausmeister, dann Elisabeth, Professor Koffner – sogar Gernot kann man hier gelten lassen, auch wenn der sich mehr als Fan und Mäzen hervortut, und als mentorisches Atout könnte später eventuell sogar der bisher kaum in Erscheinung getretene Internatsdirektor in Erscheinung treten (Spoiler!), also einverstanden, dass wir den blöden Doktor Samstag nicht brauchen? Lassen wir ihn einfach trällernd aufs Fensterbrett springen, wo er noch einmal seinen Refrain zum Besten geben kann, eine kleine steppende Pirouette dreht, abrutscht und kopfüber runter in den Schulhof saust. Vier Stockwerke tief. Am besten mit der Schädelbasis aufs Pflaster. Und das hinterher-bröckelnde Fenstersims zum Drüberstreuen.

Es ist für alle besser so.

Okay? Okay.

Wir verstehen uns.

Eine tolle Idee!

Weihnachten kam früh dieses Jahr.

Am Vormittag des Heiligen Abends, gleich nach der Ansprache des Direktors, war das allgemeine große Abreisen losgebrochen. Ständig wurden Türen auf- und zugeschlagen, schwere Koffer polterten über die Schultreppe, der Eingangssaal hallte von tausenden Tritten und von einem hellen, klaren Stimmengewirr wie in einem Bienenstock voll sprechender Bienen. Minute für Minute wog das Schulgebäude leichter, genau wie die Herzen der aus ihm Hinausströmenden; immer leiser wurde es darin. Nur eine kleine Handvoll Schüler blieb traurig zurück. Es waren diejenigen, deren Eltern auch über die Feiertage arbeiten mussten, und die, die schlicht zu arm für eine Familie waren.

Gegen elf Uhr war der Spuk vorbei. Stille zog ein. Vor den Fenstern tanzten die Schneeflocken einen Paso doble, drinnen sanken die Klassenräume in den Winterschlaf. Die Uhren hörten auf zu ticken, die Erdgloben auf den Lehrertischen drehten sich noch eine Weile und kamen dann zur Ruhe.

Auch der Speisesaal lag verwaist und fast lautlos. Nur das Kaminfeuer prasselte noch. Verhalten knisterte daneben ein Christbaum. Wenn man gut achtgab, konnte man einen Hauch von Zimtsternen erschnuppern, von Anis auch und von Putzmitteln.

Ganz hinten, am Kopfende des langen Tisches, unter dem Direktorsporträt, saß Sebastian. Er hatte seinen leeren Keksteller von sich geschoben und bohrte zur Verdauung in der Nase. Vor ihm lag ein Brief.

»Mein lieber Junge!«

stand darin geschrieben.

»Wir haben in der Zeitung gelesen, dass Du zum Klassensprecher gewählt worden bist. Was für ein großer Erfolg! Vater und ich sind sehr stolz auf Dich. Fühle Dich fest umarmt.

Dein Erfolg macht es Dir hoffentlich leichter, eine bittere Pille zu schlucken. Hier ist sie: Leider können wir uns heuer das U-Bahn-Ticket für Deine Heimreise nicht mehr leisten. Vater ist arbeitslos, wie Du weißt. Und Großmutter hat kurz vor Weihnachten wieder mit dem Spenden angefangen. Es ist eine Sucht, Du weißt es, aber wir schämen uns dennoch. Auch können wir uns derzeit keine Therapie für sie leisten, weil sie jeden Cent zur Caritas trägt.

Vielleicht ist es ja für einen tapferen Klassensprecher nicht so schlimm, wenn er die Weihnachtsferien in der Schule verbringen muss. Und tapfer, das bist Du, nicht wahr? Du wirst nicht weinen, versprich es mir! Ich bin sicher, dass Du die Feiertage trotzdem gut nutzen wirst. Zum Lernen. Oder um das Leben Deiner Klassenkameraden zu verbessern. Stell Dir nur einmal vor, wenn sie aus ihren Feiertagen zurückkehren, und ein neues Poster hängt im Klassenzimmer! Oder in der Klassenkassa wurde ausgabenseitig gespart, und ihr könnt Euch von dem gewonnenen Geld einen Ausflug in den Wildpark leisten!

Wäre das nicht schöner als jedes Weihnachtsfest?

Es tut mir leid, aber auch die Geschenke werden heuer ausfallen. Wir können Dir dieses Jahr zu Weihnachten nichts geben. Keine Playstation zum Spielen, keine Pakete zum Auspacken, keine Schokoschirme für den Christbaum. Wir haben nichts. Wir können Dich nur bitten: Glaub an dieses Österreich ...!«

Ohne weiterzulesen schob Sebastian den Brief von sich. Diese Versager. Da hatte er sie also richtig eingeschätzt. Ein Glück, dass er nicht mehr auf sie angewiesen war, denn Gernots Taschengeld kam pünktlich an jedem Monatsersten; und seit seiner Wahl zum Klassensprecher hatte sich die Bande sogar noch um drei zahlende Mitglieder vergrößert – Kira, Harald und Gudrun (und Efgani hatte Beobachterstatus, mit Option auf eine privilegierte Partnerschaft). Nein, dachte Sebastian und lehnte sich zurück: Ihm fehlte es an nichts, auch ohne elterliche Unterstützung. Er hatte Freunde. Freunde! Glücklich, wer auf Eltern verzichten kann, dachte er und erinnerte sich daran, wie ihm Gernot vor der Abreise noch von seiner weihnachtlichen Geschenkliste erzählt hatte – was da alles draufgestanden war! Mehrere Seidenschals, ein Schal mit Blümchenmuster, ein Schal in Gürtelform, ein Schal aus Elefantenleder, für festliche Anlässe, ein Schal ganz aus Zuckerwatte gesponnen ... Er dachte an Elisabeth, die sich wieder einmal nichts sehnlicher als ein Pferd wünschte und so sehr hoffte, dass sich dieser Wunsch endlich erfüllen würde, wenigstens, dass sie einen Sattel auf dem Gabentisch finden würde, Zaumzeug, Reitstiefel oder einen ersten Huf ... Gernot und Elisabeth würden ihre neuen Geschenke mitbringen, das hatten sie versprochen, und der Trickle-Down-Effekt, von dem

Ohne weiterzulesen schob Sebastian den Brief von sich.
Diese Versager. Da hatte er sie also richtig eingeschätzt.

sie im Wirtschaftskundeunterricht so viel gehört hatten, würde schon dafür sorgen, dass das eine oder andere Geschenk zu Sebastian durchtrickeln würde …

Er knetete seine Hände und ließ sich den Gedanken, Klassensprecher zu sein, noch einmal durch den Kopf ziehen. Ja, er stand jetzt auf eigenen Beinen. Da brauchte er keine Eltern. Der Starke ist am mächtigsten allein, dachte er, auch gegen Widerwind – er hatte sich selbst, daran hatte er genug, das konnte ihm niemand nehmen, und wenn es eng wurde, blieb ihm immer noch sein Smartphone mit den Fotos – viele Sebastians waren dort zu sehen, nicht bloß einer, und alle waren sie guten Mutes und zuversichtlich, standen unverbrüchlich bombentreu zueinander, auf der Seite der Veränderung, und wenn man sie durchscrollte, einen nach dem anderen, sie vergrößerte und verkleinerte und heranzoomte und verwaltete, dann war es, als würde man sich selbst zärtlich streicheln, was man schließlich auch verdient hatte …

»Fröhliche Weihnachten, junger Herr.«

Sebastian fuhr zusammen.

Neben ihm saß der Hausmeister. Wieder trug er die runde Brille und das Käppi mit der Hühnerfeder. Aber seine Kluft war diesmal verändert, und Sebastian brauchte ein paar Sekunden, um den Unterschied benennen zu können: Leicht metallischrot schimmerte die Arbeitskleidung, und außerdem trug der alte Mann Pelz an Kragen und Ärmeln. Sodass, wenn er das Kinn in die Hände stützte, der Ärmelbesatz wie ein weißer Bart wirkte und dem ganzen Hausmeister etwas Santa-Claus-haftes eignete.

»Haben Sie mich erschreckt«, sagte Sebastian und schob das Smartphone weg. »Guten Tag, Herr Hausmeister.«

Der andere lächelte. »Sehe ich denn aus wie ein Hausmeister?«

»Heute nicht«, musste Sebastian zugeben. »Aber es sind ja auch bereits Ferien.«

»Ferien? Na ja. Vergessen Sie nicht, dass die Globalisierung keine Ferien macht, auch in der Weihnachtszeit nicht. Während zum Beispiel Ihre Klassenkollegen jetzt zu Hause hocken, junger Herr, Fernschauen und Kakao trinken, entwickeln die Chinesen vielleicht gerade neue Technologien, selbsthupende Autos oder so etwas. Der Fortschritt schläft nie …« Sonderbar schief und stolz blickte er Sebastian an. »Genau wie Sie, junger Herr. Statt Ihre freien Tage daheim zu verplempern, nutzen Sie sie lieber zum Nachdenken und Pläneschmieden. Respekt.«

»Jaja«, sagte Sebastian und tippte konzentriert mit dem Zeigefinger einen Keksbrösel vom Teller.

»Sie können stolz auf sich sein«, fügte der Hausmeister hinzu. »Nach wenigen Wochen am Institut bereits Klassensprecher! Und wie Sie die Doppelbelastung bewältigen …«

»Die was?«

»Nun, Sie haben ja nicht nur Ihre neuen Pflichten als Klassensprecher zu erledigen, sondern auch weiterhin Ihre Schularbeiten und Hausaufgaben!«

Sebastian musste lachen. »Halb so wild«, sagte er. »Wenn eine besonders schwierige Schularbeit ansteht, kann ich in meiner Position jetzt einfach eine außerordentliche Sitzung des Schulpräsidiums einberufen. Und wenn eine Schulpräsidiumssitzung langweilig ist, muss man nur erwähnen, dass man noch Hausaufgaben zu erledigen hat, und man kann gehen. Das ist wie bei Ihnen, wenn Sie die Heizung nicht reparieren wollen. Dann behaupten Sie eben, Sie hätten noch etwas im Keller zu tun, Ihre gewerkschaftlich garantierte Rauchpause oder Bierpause, weil Sie …« Sebastian verstummte, weil das Gesicht des Hausmeisters streng geworden war. »Ihr Talent, junger Herr, ist bemerkenswert«, nickte er ernst. »Ich frage mich nur, wann Sie den nächsten Schritt wagen.«

»Welchen nächsten Schritt?«

»Das Amt des Schulsprechers.«

»Schulsprecher?« Sebastian war verblüfft.

Der Hausmeister hatte sich erhoben. »Die Veränderung ist nichts, was sich aufhalten lässt«, zitierte er. »Das haben Sie selbst einmal gesagt, junger Herr. Aber Veränderung ist auch nichts, was jemals abgeschlossen wäre.« Er lächelte. »Sie wissen doch, was mit einem Fahrrad geschieht, wenn es stehen bleibt?«

Sebastian strahlte. Das wusste er. »Es stützt sich auf den Fahrradständer.«

»Sie wissen doch«, wiederholte der Hausmeister geduldig, »was mit einem Fahrrad *ohne Fahrradständer* geschieht, wenn es stehen bleibt?«

»Dann lehnt man es irgendwo an eine Hausmauer, richtig?«

»Ganz recht, aber was geschieht, wenn das Fahrrad – ohne Fahrradständer –, wenn es also auf offener Straße stehen bleibt, wo es weit und breit keine Anlehnmöglichkeiten gibt?«

»Dann«, sagte Sebastian triumphierend, »stützt man sich mit dem Fuß ab!«

Die Lippen des Hausmeisters waren schmal geworden. *»Was geschieht mit einem Fahrrad – ohne Fahrradständer – auf offener Straße – wenn der Fahrer keine Beine hat – sobald es stehen bleibt?* Na? Na? *Es fällt um!* Eben! Das Fahrrad fällt *um!* Schreiben Sie sich das hinter Ihre großen Ohren, junger Herr!«

Sebastian rückte ein Stück ab. Merkwürdig! Normalerweise hätte er sich solche Zurechtweisungen von einem einfachen Hausmeister strikt verbeten. Aber dieser kleine, grauhaarige Mann mit der Brille und der Flaumfeder am Käppi dampfte plötzlich eine derartige Autorität aus, dass Sebastian nur stumm nicken konnte.

»Und so ist es auch mit der Veränderung, junger Herr.« Die Stimme des alten Mannes war wieder ruhig geworden. Seine Hand lag auf Sebastians Schulter. »Kommen Sie mit. Ich möchte Ihnen etwas zeigen.«

Mechanisch erhob sich Sebastian und folgte ihm.

Lampenfieber

»Ich war selbst einmal Klassensprecher«, erklärte der Hausmeister, der jetzt, als er Sebastian über die breiten Stufen der Haupttreppe vorausschritt, gar nicht mehr wie ein Hausmeister wirkte. »Vor langer, langer Zeit. Aber Klassensprecher ist ein undankbarer Beruf. Du bist einer von vielen, und die ständigen verpflichtenden Sitzungen im Schulpräsidium«, er äugte über die Schulter kritisch auf Sebastian hinunter, »laugen dich aus. Es ist ein Vielfrontenkrieg. Du kämpfst gegen den Direktor. Du kämpfst gegen die Lehrer. Deine Wähler werden unruhig, schließlich haben sie hohe Erwartungen in dich gesetzt ...«

Die Kraft der Veränderung, dachte Sebastian, sagte aber nichts.

»Ich war gut in diesen Dingen«, fuhr der Hausmeister düster fort. »Ich war fleißig. Und ich wollte hoch hinaus. Aber ich wusste, dass ich Schulsprecher werden musste, um wirklich etwas zu bewegen. Das war für mich ungemein schwierig. Denn ich hatte nicht Ihre Begabung, junger Herr. Ich konnte den Menschen nicht ins Herz sehen ...«

»Nicht?«, fragte Sebastian und versuchte einen kleinen Hüpfer zwischen zwei Stufen.

Der alte Mann schüttelte das Haupt. »Nein. Ich wollte etwas in den Gehirnen verändern. Den Menschen Werte vermitteln. Sparsamkeit. Effizienz. Eigenverantwortung. Aber das sind keine Boulevardthemen. Ich konnte nichts fürs Gemüt bieten. Also brauchte ich jemanden, der das konnte.«

»Wen?«

Aber der alte Mann antwortete nicht. Sie waren am obersten Ende der Treppe angekommen. Vor ihnen lag der Festsaal. »Öffnen Sie, junger Herr«, sagte der Alte und tippte sacht an die Türschnalle. »Aber vorsichtig. Nur einen Spalt.«

Sebastian trat näher und tat wie geheißen.

Er benötigte einige Zeit, bis er begriff, was sich im Festsaal abspielte. Erst war es nur ein Wuseln, was er sah. Dann aber gewahrte er Schüler. Dutzende Schüler, nein, nicht Schüler: Berte! Der Festsaal war voll mit Berten! Aber diesmal trugen sie nicht ihren gewohnten Wichs: Manche von ihnen hatten Polizeiuniformen angezogen, andere waren in Lumpen gekleidet und saßen auf geflickten alten Reisetaschen, wieder andere trugen Turbane auf dem Kopf und Gewehre im Arm. Manche hatten sich die Gesichter grässlich schwarz bemalt, steckten in Adidas-Jogginganzügen und führten Goldschmuck und große, klobige Smartphones aus Pappe mit sich. Der Anblick erinnerte Sebastian an seine frühe Vision von den vielen hundert Berten; nur dass man die hier eben nicht auf den ersten Blick als Berte erkennen konnte …

»Achtung! Achtung! Wir proben jetzt Bild drei, Szene sieben!«

Unwillkürlich war Sebastian zusammengezuckt. Wer hatte da gebrüllt? Es war einer der Berte aus Sebastians Klasse gewesen, Nor-, nein, *Her*bert! Auf einem Pult postiert, brüllte er Befehle über die wogenden Köpfe: »Alle auf ihre Plätze! Die Polizisten nach vorne! Wo ist unser Spekulant? Wir brauchen den Spekulanten! Hopp auf, Mannen, Disziplin! Das ist eine wichtige

Szene!« Sebastian sah, wie sich die Menge zusammenkrampfte und sortierte, schwarzbemalte Berte schieden von zerlumpten und diese wieder von den Turban-Berten, Polizisten-Berte schwappten nach vorne, und plötzlich teilte sich der große Haufen genau in der Mitte und gebar einen groß gewachsenen Bert mit einer gigantischen krummen Pappmaché-Nase. Er trug einen speckigen Businessanzug und zwei riesige Schulhefte in den Armen: SPEKULATIONSAKTIEN stand auf dem einen und GEHEIMPROTOKOLLE auf dem anderen.

Die Masse wich links und rechts vor ihm zurück. Die Szene hatte etwas Alttestamentarisches.

»Na endlich!«, schrie der Chef-Bert auf dem Podest. »Also, alle hergehört: Wir proben – Ruhe jetzt! –, wir proben DAS FLIEHENDE KLASSENZIMMER, Bild drei, Szene sieben! Der heimatlose ungarische Spekulant schleust das Heer jugendlicher Flüchtlinge nach Europa! Alle bereit? Gut! Ruhe! Und: Action!«

Der pappmachénasige Anzugträger hustete ab, reckte sich, und dann begann er mit theatralischer, ziemlich hoher Stimme vorzutragen:

»Mir ist Europas Schicksal schnuppe!
Ich schick euch eine Flüchtlingstruppe,
die euch schon bald das Fürchten lehrt
und euch den Kontinent versehrt!
Vieltausend junge, wilde Leute:
Die bring ich euch, die wilde Meute!
Ich flute eure Schülerklassen,
mit Horden, die Europa hassen!
Ich volk euch um, ihr Arier!

Bald triumphiert die Scharia!
Und niemand kann mir was beweisen!
Nun hört, wen ich euch ein- will -schleusen:
Schier endlos lange Karawanen
von radikalen Muselmanen!
Holzboote, die fast überquellen
von Sozial- und schlimmer'n -fällen!
Haschdealer, die euch woll'n ermorden!
Und Bettler! Und Schmarotzerhorden!
Und allesamt: Antisemiten!
Ja, Leute, so sind dort die Sitten,
die bald auch hierzulande gelten!
Ich schaff die schlimmste aller Welten!
So ist es Brauch bei Spekulanten,
die niemals nie Moral nicht kannten,
und die auf ihren feisten Ärschen
die Börsen und die Welt beherrschen;
und ihr, ihr könnt nichts tun dagegen,
weil ihr –«

»Entschuldigung, das verstehe ich nicht«, meldete sich einer der
Berte, der einen roten, ihm ständig über die Augen rutschenden
Fez trug. »Die Stelle mit den Antisemiten – ist das als Kritik
gemeint? Denn so eine gesunde völkische Einstellung ist doch
was Positives! Gegen die überschäumende Macht der jüdischen
Banken hilft doch nur …« An dieser Stelle aber schlug ihm sein
Nachbar, ein Schwarzgesichtiger mit unterschiedlich großen
Marken-Turnschuhen, auf den Hinterkopf: »Depp! Wir sind
projüdisch! Wir verurteilen den Antisemitismus in der muslimi-
schen Welt auf das Schärfste!« – »Na, alles was recht ist, aber

einzelne Juden darf man natürlich schon noch kritisieren!«, mischte sich wiederum dessen Nachbar ein, »zum Beispiel den hier, gell!«, griff dem Spekulanten an die falsche Nase und ließ sie schnalzen. Der erste Bert schob seinen Fez aus den Augen. »Das ist aber doch trotzdem unlogisch«, beharrte er. »Der jüdische Spekulant unterstützt die muslimischen Antisemiten auf ihrem Weg in den Westen? Wieso?«

Hier aber setzte eine große Meinungsvielfalt ein.

»Daran sieht man doch bloß, wie dumm die Hebräer sind!« – »Dumm? Die sind doch nicht dumm, die sind gerissen!« – »Moment, ich hab's: Der Spekulant ist in Wirklichkeit selber Antisemit!« – »Unwahrscheinlich, die halten doch alle zusammen.« – »Aber ganz prinzipiell: Was ist eigentlich mit jüdischer Judenkritik, wie positionieren wir uns da? Sind wir da eher pro, eher kontra, neutral, abwartend …?« Bis es dem schwarzhäutigen Bert mit den unterschiedlich großen Turnschuhen zu bunt wurde: »Mir reicht's!«, schrie er, riss das rechte Bein hoch und kickte den Fez seines Nebenmannes fort, dass dieser wie ein Frisbee durch den Saal schlingerte: »Das ist ja nicht mehr auszuhalten hier mit dieser politisch korrekten Meinungsdiktatur! Schluss mit den feingeistigen Reimen vom Herbert! Schluss mit der Rabulistik und den literarischen Anspielungen! Der Worte sind genug gewechselt, lasst uns nun endlich Taten sehen!«

Was eine schöne Einleitung war für die nun einsetzende interne Massenschlägerei.

Eine unheimliche Begegnung

Sebastian schloss leise den Türspalt. »Widerwärtig, nicht wahr?«, hörte er die Stimme hinter sich. »Da stockt einem der Atem, oder?«

»Natürlich.« Sebastian gähnte hinter vorgehaltenem Handrücken. »Solche Ansichten lehne ich deutlich ab. Auf der anderen Seite sollten wir nicht vergessen, dass sie eindeutig im Rahmen der Meinungsfreiheit sind. Die Grenze muss immer das Strafrecht sein, und das Strafrecht ist hier sehr klar: Erlaubt ist, was gefällt …«

»Ich bin froh über Ihre klaren Worte.«

»Kein Problem. Und mit diesen Lümmeln haben Sie sich also damals verbündet, um Schulsprecher zu werden?«, fragte Sebastian und drehte sich zum Hausmeister herum.

Doch das war nicht mehr der Hausmeister, der hinter ihm stand. Es war der Schuldirektor. Genauer gesagt war es eine dichte, grünliche Rauchwolke, in der immer wieder ein einzelner dunkelgrüner Punkt aufglomm. Sebastian musste husten und niesen gleichzeitig. Als er die Augen wieder aufklappte, waren durch den Rauch die Umrisse eines Mannes erkennbar geworden. Der grüne Punkt leuchtete wieder – es war die Glut einer langen Tabakpfeife –, und in ihrem Schein konnte man jetzt für einen Moment den Direktor erblicken: Es war ein großer Mann, weit über zwei Meter, mit tiefgefurchter Stirn, dichten Augenbrauen, einem verwirrten Bärtchen und schlechter Haltung.

»Ich glaube, ich kenne dich«, paffte der Direktor und verschwand langsam wieder im Nebel. »Du bist doch der kleine Büroboote, der mir immer die Hauspost bringt.«

»Mit Verlaub«, Sebastian verbeugte sich vor der Wolke, »ich bin nicht der Büroboote. Ich bin der Klassensprecher der Oberprima.«

»Die Oberprima hat einen Klassensprecher?«

»O ja. Seit sechs Wochen.«

»Nun gut. Aber weißt du vielleicht trotzdem, wo der Büroboote steckt? Ich warte auf das Rücktrittsgesuch von Professor McDings, wie heißt sie, die das Verhältnis mit dem Siebtklässler angefangen hat … du weißt nicht zufällig, wen ich meine?«

»Nein«, sagte Sebastian.

»Gut. Gutgut.« Der Direktor kam wieder zum Vorschein. »Dann hat es sich also noch nicht herumgesprochen. Da sieht man, wie wertvoll es ist, wenn man gewisse Dinge diskret behandelt …« Er formte mit seinen Händen Umrisse (wobei seine Tabakpfeife, seltsam genug, für einige Augenblicke in der Luft schwebte): »Eine ältere Lehrerin, ungefähr so dick, Perlenkette, auftoupiertes Haar … unterrichtet magisches Denken und Knabensportbildung … nein?«

»Nein.«

»Schön.« Der Direktor griff wieder nach seiner Pfeife. »Hätten wir das geklärt. Und du bist also der neue Klassensprecher der Sexta, sagst du? Sollte ich dich dann nicht aus den Sitzungen des Schulpräsidiums kennen?«

»Der Oberprima. Und ich habe die letzten paar Male gefehlt. *Entschuldigt* gefehlt«, sagte Sebastian und zog aus seiner

Brusttasche eine ärztliche Bestätigung – die allerdings nicht entgegengenommen wurde, denn die Wolke zog schon wieder zu: »Ja, jetzt erinnere ich mich«, hörte man daraus die Stimme des Direktors. »Der neue Klassensprecher … Severin, nicht wahr?«

»Sebastian. Und Sie sind Direktor Albux Vandebore«, sagte Sebastian kess. »Sie wohnen gegenüber der Schule, in einem eigenen Trakt. Man sieht Sie aber selten. Es heißt, Sie kennen viele Geheimnisse. Dienstgeheimnisse …«

»Heißt es das? So, so«, murmelte der Direktor und scheuchte mit der Hand den Nebel fort. »Na, dann stimmt das wohl. Sebastian, wie? Mir dir wollte ich ohnehin sprechen …« Er sah Sebastian paffend und prüfend an. Müder Rauch kroch über den Boden und schlängelte sich an Sebastians Hosenbeinen empor.

»Worum geht es denn, Herr Direktor?«, fragte Sebastian und trat den Rauch beiseite. Aber das Gewölk wich nur ein klein wenig zurück, wie eine Kobra, die den Kopf einzieht, ballte sich dann zu einer dicken grünen Schwade und wogte erneut angriffslustig auf ihn zu. Sebastian wurde völlig eingehüllt. Vergeblich wedelte er mit den Armen, blind nieste und hustete er mehrmals abwechselnd. Als er sich die Tränen aus den Augen gewischt hatte, war mit dem Rauch auch der Festsaal verschwunden, und er fand sich wieder in einem hohen, barocken Raum.

Verwundert sah er sich um. Ging das denn mit rechten Dingen zu? Die rot-goldenen Tapeten – die unheimlich lebhaften Porträts der früheren Direktoren an den Wänden –, die schweren, nikotingelben Vorhänge: Dies musste das Büro des Direktors sein!

Ein Schnaufen aus der Ecke riss ihn aus seinem Staunen. Albux Vandebore saß dort, in einem chagrinlederbezogenen Sorgenstuhl, die mächtig qualmende Pfeife im Mund. Auf einem

Albux Vandebore saß dort, in einem chagrinlederbezogenen Sorgenstuhl, die mächtig qualmende Pfeife im Mund.

niedrigen Tischchen vor ihm ragte ein maßstabsgetreues Modell der Schule.

»Komm näher«, murmelte Vandebore. »Du weißt, was man sich über dieses Internat erzählt, ja?«

»Elisabeth hat einmal etwas angedeutet«, flüsterte Sebastian. Vandebore betrachtete träumerisch das Schulmodell. »Unser Institut. Es besteht aus vier Häusern. Ihre Namen lauten Haus 1 … Haus 2 … Haus 3 und …«

»Haus 4«, half Sebastian.

»Ich sehe, dass du eingeweiht bist.« Vandebore blickte ihn respektvoll an. »Und du möchtest also Schauspieler werden?«

»Schulsprecher«, konkretisierte Sebastian.

»Schulsprecher.« Der Direktor kratzte sich im Bart. »Wie komme ich auf Schauspieler?«

»Vielleicht, weil die Berte im Festsaal gerade DAS FLIE-HENDE KLASSENZIMMER einstudiert haben?«

»Richtig, richtig«, stimmte der Alte mit heller Stimme zu, überrascht davon, sein Lapsus könnte auf geheimnisvolle Art Sinn ergeben. »Die Lümmel. Ja, es ist mir zu Ohren gekommen, dass sie heimlich ein Propagandastück einstudieren, zu Wahlkampfzwecken, um das Amt des Schulsprechers für ihre Reihen zu erobern. Ich wollte mir davon selbst ein Bild machen … Und dann treffe ich dort ausgerechnet dich, den jüngsten aller Klassensprecher, der ebenfalls gerne Schulsprecher werden möchte. Merkwürdig, nicht wahr?« Vandebores Augen fixierten Sebastian.

»Ja, merkwürdig«, bestätigte Sebastian und nickte.

»Noch merkwürdiger ist es, dass ich bereits wusste, dass du kandidieren willst. Nicht wahr?«

»Sie dachten doch, ich wollte Schauspieler werden.«

»Aber ›Schulsprecher‹ habe ich gemeint.« Vandebore lächelte, beugte sich ein wenig über das Modell der Schule und öffnete mit zwei Fingern das Dach eines der Türme. Alte Asche stob daraus empor. »Sieh selbst! Dort drin im Feuerkelch findest du deinen Namen.«

»Sie meinen, in diesem Aschenbecher?«

»Nur Mut!« Vandebore zwinkerte mit den Augen.

Sebastian griff in den Turm und spürte inmitten der Asche eine kleine steife Karte. Er zog sie heraus, blies ihr den Staub ab und las in altertümlich geschweiften Lettern: SEVERIN.

»Natürlich ist es dein Recht, als Schulsprecher zu kandidieren«, sagte der Schuldirektor, der jetzt, in die Lehne seines Stuhles hineingedrückt, rauchte, als kriegte er es bezahlt: »Aber deine Gegner sind gut organisiert! Die Berte liegen in allen Umfragen vorne. Eine Neuwahl würden sie gewinnen. Hochhaus! Haushoch, meine ich.« Der Pfeifenkopf gloste grün. »Das Dumme ist nur, dass ich dem Landesschulrat, dem Schulinspektor und dem gesamten Lehrerkollegium versprochen habe, niemals einen Bert zum Schulsprecher zu ernennen. Tja … wenn nicht noch ein Wunder geschieht, dann nutzen mir meine schönen Versprechen gar nichts. Dann hat dieses Institut über kurz oder lang einen dieser Lümmel an der Spitze. Ja, ein Wunder braucht es …« Er betrachtete Sebastian mit eigentümlichem Blick. Seine Rauchwolke kräuselte sich zu einem langen Pfeil über dem Kopf des Jungen.

»Sie sprechen von mir«, sagte Sebastian klug.

Der Direktor nickte. »Dir wird bereits aufgefallen sein, dass du über große Fähigkeiten verfügst. Du weißt, was die Menschen wollen. Du kannst sie mit deiner Sprache verzaubern … und am wichtigsten: Du kannst ihnen ins Herz blicken.« Mit dem

Mundstück der Pfeife strich er Sebastian über die rechte Ohrmuschel. »Du hörst rauschen, was ihnen im Gemüt zwickt und zwackt … ihre geheimsten Ressentiments und Stimmungen kannst du abschöpfen wie mit einer unsichtbaren kleinen Sauciere …«

Das Mundstück erreichte Sebastians Haaransatz. Knackend teilte sich die Frisur.

»Weißt du, was das hier ist, Sebastian?«

Sebastian fuhr sich mit dem Zeigefinger an die Stirn. Er spürte eine feine Narbe ganz knapp vor dem Haaransatz, ein zackiges, runenförmiges S. »Das geheime Mal«, flüsterte er erschauernd. »Ich habe es immer für den Anfangsbuchstaben meines Namens gehalten – zur Identifikation, falls ich im Einkaufszentrum verloren gehe …«

Direktor Vandebore lächelte mit schiefen Zähnen. »Das haben dir deine Eltern gewiss so erzählt. In Wahrheit, Sebastian, bist du als Säugling unter die Berte geraten. Es war gerade der Zeitpunkt, als sie eine Mensur fochten … Von dieser Narbe stammt deine Zauberkraft.« Er richtete sich wieder auf, zu voller Größe diesmal, und obwohl er saß, war diese Größe beeindruckend. »Sebastian!«, rief der Direktor und wies mit dem Finger auf seinen Schüler. »Auf dir lastet große Verantwortung! Erspare mir die Schmach, einen der Lümmel angeloben zu müssen …«

Wie aus unendlicher Entfernung sah Sebastian die offene Hand des Direktors auf sich zukommen. Sein Herz klopfte laut wie ein Specht. Er ergriff die dargebotene Hand. Im selben Moment, als er einschlug, umhüllte ihn wieder der dichte Rauch aus Vandebores Pfeife, und ihm schwanden alle Sinne, die er hatte …

Sebastian ist der Allergeilste!

Frühling! Frühling auf Schloss Ballhausplatz! (Ja, jetzt geht's einigermaßen zügig dahin – grad war noch Winter – aber wir haben es schon immer gesagt, wir sagen es auch jetzt: Wir wollen dieses Buch nach vorne bringen, ganz bewusst, und das werden wir auch umsetzen, selbst gegen Widerstand und sogar auch bei Gegenwind.) Also, Frühling auf Schloss Ballhausplatz! Froh zwitscherten die Vögel, wie sie es gelernt hatten. Die Blumen blühten mit aller Kraft, emsig bauten die Bienen ihre Nester. Die Schmetterlinge balzten, wie ihnen der Schnabel gewachsen war, und allüberall warf die Natur ihre Pollen wie Konfetti in die Luft.

Auch unter den Schülern herrschte rege Betriebsamkeit. Die Nachricht, Sebastian wolle als Schulsprecher kandidieren, hatte eingeschlagen wie ein Lauffeuer. Wie rasch sich die Bande in diesen wenigen Frühlingswochen vergrößert hatte! Jeder wollte dabei sein, beinahe täglich strömten neue Mitglieder hinzu, der arme Efgani kam mit dem Kartenabreißen kaum nach, so prächtig prosperierte die junge, aufstrebende Bewegung ... Ach Frühling, Zeit der Erneuerung, Veränderung, Entknospung! Zeit auch der schrumpfenden Höschen, der knapper werdenden Röcke, vorwitzigen String-Tangas, klaftertiefen Ausschnitte, soll ich weitermachen? Okay: schenkelquetschenden Hotpants, lustdunstenden Blusen, aufreizenden Haarspangen, samenschwangeren Hosenställen; Zeit der flirrenden, schwingenden, sinnesbetäubenden, jegliche Ratio ausknockenden Verheißungen, die jetzt in Feld und Flur überall pausenlos lockten und erregten, dass es einem im Kopf ganz schwummerwuselig und trübe wurde …

Elisabeth war da keine Ausnahme. Auch sie trug ein kurzes neues Kleidchen, aus dem zwei braune, reif erblühte Strampelbeine wuchsen, die tief in die Pedale traten. Obwohl man in so einem kleinen engen Kleidchen ja nur schwer Radfahren kann! Aber derlei störte ein gelenkiges Mädchen wie Elisabeth keineswegs. Zu stark war ihr Trieb nach frischer Luft und Ertüchtigung, um ihren Körper *in shape* zu bringen und fit zu sein für die große Wahlauseinandersetzung, die ihnen allen bevorstand, und so drehte sie stramm im Schulhof ihre Runden auf Gernots Fahrrad – ein Frühlingsbote der besonderen Sorte!

Apropos Wahlauseinandersetzung, wie spät war es denn überhaupt? Elisabeth warf einen Blick über die Schulter zur Schuluhr. O weh, schon fünf Minuten über der Zeit! Da hieß es, tief in die Eisen zu treten, schließlich wollte sie keinesfalls zu spät kommen zum großen Wahlkampfauftakt unterm Marillenbaum!

Schon von Weitem konnte sie ihre Freunde diskutieren hören. »Wir brauchen Ziffernnoten!« – »Genau! Die verbale Beurteilung führt nur zu Verweichlichung und Indifferenz!« – »In der freien Wirtschaft wird man schließlich auch nicht mit Sanfthandschuhen angefasst!« – Gekrähter Zwischenruf: »In der freien Wirtschaft gibt es die härtesten Ziffernnoten der Welt!« – Eine kleine Pause, dann ein Einwand: »Wirklich, Leute? Denkt mal nach: *arabische* Ziffern! Ist das nicht ein Kniefall vor dem Morgenland?« Es folgte ein aufgeregter Wortwechsel und schließlich die Einigung im Meinungsbildungsprozess:»Verbale Beurteilung für Schüler nichtdeutscher Muttersprache, Ziffernnoten für Inländer!« – »Und hernach eine Prüfung, ob die Ausländer ihre Beurteilung auch sinnerfassend lesen können!« – »Und Geldstrafe, wenn nicht!« – »Zahlbar in inländischem Geld!« Und schon sprangen sie weiter, von Programmpunkt zu Programmpunkt, wie die fröhlichen Äffchen:»Sanktionen für Schulschwänzer!« – »Flexi-Schule! Mit Ausdehnungsmöglichkeit auf bis zu zwölf Stunden!« – »Kopftuchverbot!«

War das ein Geschnatter! Elisabeth bremste scharf unter dem Marillenbaum. Alle sind so engagiert, dachte sie bewundernd und gab ihrem ausrollenden Fahrrad einen Klaps auf den Sattel. Alle tragen etwas bei zu der großen Debatte! Und wie reif ihre Freunde in den letzten Wochen geworden waren! Kinder waren es gewesen – heute umlagerten junge Erwachsene den Marillenbaum. Sie ließ den Blick schweifen: Harald, der weichliche Vielfraß – wie *der* in die Höhe geschossen war! Sein Bäuchlein war fester Muskelmasse gewichen, seine Stimme hatte männliches Timbre bekommen. Gudrun hingegen war fülliger geworden, weiblicher, annähernd mütterlich blinzelte die Fromme nunmehr aus ihrem Antlitz – oder zumindest mutteroberinnenhaft … Efgani hingegen: schlaksig, blass, fast weißhäutig, wie schnell er aus seinem Türkentum herausgewachsen war …

Am allerreifsten aber prangte fraglos Sebastian. Aufrecht wie ein Feldherr saß der Schulsprecherkandidat an den Baum gelehnt, die Beine weit gespreitet, die Faust dynamisch aufs Knie gestützt, mit ausragendem Ellbogen. Edler denn je stießen seine Backenknochen hervor, als wollten sie durch die Haut ins Freie brechen. Muskelsehnen und blaue Adern ploppten überall aus seinen Oberarmen … sein Haarhelm war hart geworden, wie Eichenholz oder wie der Rückenpanzer pubertierender Schildkröten, Schutz und Schmuck in einem …

Elisabeths Herz pumpte Blut durch den Körper. Ja, in dieser Runde war sie gut aufgehoben. Langsam schloss sie die Augen und ließ sich nach vorne fallen. Das weiche Gras empfing sie sanft. Sie kuschelte sich hinein.

»Deutschpflicht auf dem Schulhof!«, rief eben Kira aus ihrem Rollstuhl. »Damit nehmen wir den Berten den Wind aus den Segeln.«

»Wie stehen wir eigentlich zum Rauchen?«, piepte jemand aus den hinteren Reihen.

»Prinzipiell pro Gesundheit«, verkündete Sebastian und wechselte die Aufstützhand. »Aber es wird Raucherkammerln geben. Damit nehmen wir den Berten den Wind aus den …«

»Prinzipiell pro Deutschpflicht –«, rief Efgani eifrig fingerschnippend, »aber wir machen auch eigene Türkenkammerln, in denen man andere Sprachen sprechen darf …«

»Gelebter Liberalismus!«, entfuhr es Elisabeth.

»… und in den Türkenkammerln darf man zugleich rauchen!«

»Zusammenlegung der Ressourcen!«, lobte Elisabeth. »Sehr gut.«

Efgani errötete. Elisabeth warf ihm einen scheuen Blick zu und kreuzte die Beine.

Jetzt erhob Harald seine neue, männliche Stimme. »Wir sollten«, sprach er, »auch die Vorbereitung auf die Erwachsenenwelt nicht vergessen. Die Welt der Marktkonformität, Selbstoptimierung, Leistungsbereitschaft. Meine Idee«, sein Kehlkopf bebte viril, »Wir führen ein Punktesystem ein. Jede Schülerin bekommt von einer unabhängigen Ratingagentur eine gewisse

Punkteanzahl, ihren Erotikfaktor betreffend. Diese Bewertung kann natürlich gesteigert werden, je nach Talent und persönlichem Fleiß. Hingegen …«, und hier wechselte er noch einmal vom unteren Mittel- ins Tieftonsystem, sodass Elisabeth ein Prickeln unter ihrem Kleidchen verspürte und ihre Schenkel unwillkürlich aneinanderdrängte, »hingegen starten die männlichen Schüler bei null, können sich aber durch die Anzahl der Schülerinnen, mit welchen sie sexuellen Umgang haben, hinaufarbeiten, versteht ihr, wobei natürlich höhere Indizierung der Schülerin höhere Rendite ein- …, einheuert … was dann die Kurse … will sagen die Values …« Er kam ins Stottern. Anscheinend waren die Fachbegriffe doch noch ein bisschen schwierig für sein Alter. Elisabeth bewunderte den Mut, mit dem er es trotzdem versucht hatte, und gönnte ihm den Schoko-Nuss-Riegel, den er sich jetzt als schnellen Rettungsanker aus seiner Brusttasche fingerte, von ganzem Herzen.

»Eine Achse der sexuell Willigen«, nickte ihm Sebastian zu.

»Danke. Efgani, schreib das auf. Noch jemand?«

»Das Wertvollste, was unsere Schule hat, sind ihre kleinen Konsumentinnen und Konsumenten!« Das war von Magistra Schwammböck gekommen, der Digitalisierungsbeauftragten der Anstalt, die bisher unauffällig am äußersten Rand der Veranstaltung gesessen war. »Kinder brauchen nicht nur digitale Kompetenz, wir müssen ihnen auch Konsumierkompetenz vermitteln! Den spielerischen Umgang und das behutsame Kennenlernen von Technologie, aber auch von Gummibärchen, Eiscreme, Schoko-Nuss-Riegeln …«

»Und Kreuzen«, knarrte Gudrun dazwischen. Sie wies mit ihrem dünnen Arm auf das Holzkruzifix an der Schulmauer, das an Doktor Samstags Absturz erinnerte. »Mehr Kreuze. Viele.

Alles mit Kreuzen vollhängen. Das Abendland!« Kämpferisch reckte sie die Brust. »Präservativautomaten: nein. Kreuze: ja. Abtreibungen in der Biologiestunde: ein No-Go. Fahrbare Kreuze, für jeden Schüler eines, mit Turbo und Navigationssystem …«

»Wenn ihr mich fragt«, plapperte Gernot drauflos, »dann ist der beste Weg zum Erfolg: die Demokratie! Demokratische Wahlen, das ist jung, modern, guter Stil – Sebastian-Stil! Darauf sollten wir setzen! Hugh!«

Die Vöglein johlten. Wind strich milde durchs Gras. Alles wartete respektvoll, bis die Brise Gernots Worte verweht und barmherzig weit davongetragen hatte.

»Gut«, sagte Elisabeth, schob sich das Haar zurück und nickte. »Das Programm steht also. Aber wie vermitteln wir es unseren Wählern?«

»Social Media.« – »Direct Marketing.« – »Ein Gewinnspiel auf Facebook.« – »Gernot soll eine Schaumparty im Schlafsaal buchen.«

Harald, der seinen Schoko-Nuss-Riegel bezwungen hatte, hob die Hand. »Wie wäre es mit einem Jungschülerinnenkalender?«, fragte er und grinste unter einer Schokoschicht.

»Kein übler Gedanke«, gab Sebastian zu.

Jungschülerinnenkalender? Elisabeth spürte, wie ihr das Feuer in die Wangen kroch. »Wie jetzt? Mit Ausziehen?«, fragte sie und zog die Beine an den Körper. »Aber wieso? Ist das nicht total beliebig? Brauchen wir dafür nicht einen Anlass?«

»Das Geilociped«, sagte Sebastian.

»Das was?«

»Geilociped«, erklärte er und räusperte sich. »Ist mir gerade eingefallen. Eine Mischung aus ›geil‹ und Velociped.«

Gernot reckte schüchtern den Finger. »Entschuldigung, was heißt das denn, Velociped?«

»Kennst du nicht?«, lachte Efgani. »Ein Velociped ist so ein Saurier, so ein Fleischfresser, ultrabrutal …«

Jetzt lachte Gudrun. »Haha, Saurier! Woran ihr Moslems so alles glaubt! Herzig …«

»Ein Velociped«, klärte Elisabeth auf, »ist ein Fahrrad. Ergo ist ein Geilociped ein geiles Fahrrad. Stimmt doch, Sebastian, oder?«

»Genau.« Sebastian kam langsam in Fahrt. »Harald hat recht: Unsere Körper sind unser Kapital. Und wir müssen dieses Kapital verwerten! Sexy Fotos auf Elisabeths sexy Fahrrad. Damit alle sehen, dass wir mit vollem Körpereinsatz für unsere Ideale einstehen. Mit ein bisschen Augenzwinkern natürlich, unverklemmt, wir sind ja keine Spaßbremsen. Für die Veränderung. Für den frischen Wind, für den heißen Frühling, der durch die Schule weht …«

Sebastian wird das Kind schon schaukeln!

Und so geschah es. Alles klappte ganz superhervorragend! Und wie erotisch-aufregend alles war! Sie hatten das Fahrrad lasziv ins Gras gebettet und sich bis auf die Gänsehaut entkleidet, jetzt schmiegten sie sich, einer nach dem anderen, an das Rahmenrohr wie an eine Poledance-Stange, pressten die Brust von hinten gegen die Radspeichen, dass das Strahlenmuster auf der nackten Haut Spuren hinterließ – die Reflektoren dienten ihnen dabei als Nippelblenden –, oder schoben sich den Bananensattel tief in den Schritt; immer mit einen Spaltbreit offenen Lippen und Suggestivblick auf Harald, der, eine Riesenerektion in der Hose, auf den Marillenbaum geklettert war und mit Sebastians Smartphone herunterfotografierte … War das ein Hallo! Nur Gudrun stand beiseite und schmollte … Bis Harald auf die Idee kam, sie aufs Hinterrad zu flechten, und das gefiel ihr auf einmal: geschändete Märtyrerin, das war genau ihres, da war sie Feuer und Flamme und ließ plötzlich widerspruchslos die allerschmutzigsten Details mit sich anstellen, die man sich ausdenken kann, so *weird*, dass man's kaum aushält; zum Beispiel ließ sie sich in ihre Cervix zwanzig faustgroße Kli… – aber jetzt läutet es gerade zum Ethikunterricht und alle müssen sich wieder anziehen und zurück in die Schule, ein Glück, igitt.

Schon eine Woche später hing über dem Schultor ein großes Transparent.

GEIL GEIL GEIL

stand als Überschrift darauf. Sebastian war zu sehen, wie er sich auf der Lenkstange des Fahrrads aalte, mit brustweit heruntergeknöpftem Hemd; Elisabeth in flatterndem Kleidchen und Pferde-Strapsen mit Hello-Kickl-Motiv; Kira, nackt, zusammengefaltet im Fahrradkorb; Gernot, der nur seinen Schal trug, und Efgani, der den Gepäckträger begattete:

100% ANPATZEN OHNE LIMIT

war zu lesen,

TUN, WAS GEIL IST

und

DER NEUE STIEL

oder so ähnlich, es war zum schier Wahnsinnigwerden, denn zugleich wirkte dieses grundversaute Transparent nämlich auch topseriös, die Gesichter der Beteiligten strahlten bei aller Sexyhotness auch noch tiefe Vertrauenswürdigkeit aus, man wollte ihnen sofort das gebrauchte Fahrrad abkaufen, mit dem sie es trieben, aber solche Ambivalenzen sind total normal und vollkommen einleuchtend, wenn sie einem nur lange genug von den Opinion Leaders und Influencern eingeredet worden sind …

Na fein. Wie geht's jetzt weiter? Noch ein bisschen Spannung, eine letzte große Herausforderung für Sebastian, bevor er endgültig als Sieger vom Platz geht? Schon, oder? Aber eigentlich ist ja alles gelaufen. Was soll Sebastian denn noch groß passieren? Vielleicht, wenn ein Interviewer vom Schülerradio Sebastian ganz schlimm auf dem falschen Fuß erwischt und … – ha, Blödsinn, aber wenn jemand Sebastian nachweist, dass er eine reine Projektionsfläche ist, in die jeder reinkippen kann, was er … – ach Quatsch, es ist sinnlos, wirklich. Bitte, wir sind aufgeklärte Zeitgenossen, machen wir uns nichts vor, wir können gern die einfache Rechnung aufstellen:

Die Berte hatten insgesamt 17 Plakate und 4 ihnen gewogene Schülerzeitungen,

Sebastian hatte 43 Plakate, 21 Sebastian unterstützende Schülerzeitungen und die Brainpower von der Industriellenvereinigung

und der bisherige Schulsprecher, Christian oder Reinhold oder wie er halt hieß, insgesamt 2 Plakate, 2 freundlich gesinnte Schülerzeitungen und 6 Wahlkampfskandale hintereinander, einer schlimmer als der andere,

also müssen wir eigentlich nicht lange überlegen – –

– – aber gut, ich sehe schon, ein wenig Konflikt tut noch not – stellen wir uns also vor, nur zum Spaß, Sebastian würde in der Nacht vor der Wahl schlaflos wachliegen, um über Sebastians bisherigen Erfolgsweg kritisch nachzudenken; über die vielen kleinen Schritte und hundert Zufälle der letzten Monate, die Sebastian letztendlich dahin gebracht haben, wo Sebastian jetzt

ist: im Bett. Nein, Scherz: auf dem Sprung zum Amt des Schulsprechers natürlich.

Hellwach liegt Sebastian da, grausige Nachtgespenster quä-
len Sebastian. Die vielen kleinen Schritte: Sebastian graut davor,
dass Sebastians eigenes Wohlergehen, Sebastians Erfolge,
Sebastians raketenförmiges Durchstarten letzten Endes nur der
Infrastruktur des Landes zu verdanken sein könnten, das Sebastian zufällig zur Welt gebracht hat und Sebastian eine schöne,
kostenlose Schulausbildung ermöglicht; dass diese Infrastruktur
dem Zufall der Geschichte entsprungen ist, nämlich den politi-
schen Interessen der Weltmächte, die das Land nach dem Zweiten Weltkrieg nicht in die kommunistische Barbarei fallen lassen
wollten … Der Gedanke, dass alles in der Welt mit allem anderen zusammenhängt, dass die Dinge einander bedingen,
schreckt Sebastian: dass diejenigen, die Geld und Einfluss besit-
zen, dies vielleicht nur auf Kosten der vielen anderen haben, die
arm sind – solche schrägen Dinge kommen Sebastian jetzt in den
Sinn. Ein Gedanke huscht dem anderen hinterher wie von
selbst. Wenn man so denkt, denkt Sebastian, wird man nie fertig!
Wenn alles mit allem zusammenhängt, dann hängt in Wahrheit
nichts mit nichts zusammen (Sebastian prüft den Gedanken, unsicher, ob er nicht Schwachsinn ist, aber andererseits klingt er
stark, eine fetzige Paradoxie, wie von Nietzsche):

Die Stärke des Denkens liegt im Produzieren starker Gedanken. Ja! Oder: Wenn ein Gedanke nur stark genug ist, dann be-
ginnt er zu leben! Zumal in der Demokratie. Da geht es um
Unterstützung durchs Wahlvolk (Elektorat), und wenn das Elektorat (Wahlvolk) einen starken Gedanken gutheißt, ist eine Wahl
schon zu drei Viertel gewonnen; und unter so vielen Unterstüt-
zern, die einen Gedanken teilen, sind bestimmt ein paar, die ihn

bis zum Ende durchgedacht haben – schon rein statistisch …
Genau: Je mehr Menschen einem Gedanken folgen, desto kritischer wird dieser Gedanke schließlich überprüft worden sein!
So. Moment, welches war der Gedanke nun eigentlich gewesen?
Nichts hängt mit nichts zusammen, richtig. Denn wenn es uns hierzulande gut geht (formulierte Sebastian im Bett mit flüsternden Lippen und geschlossenen Augen), dann liegt das nicht an Grund A, B und C (Sebastians Finger zählten mit), sondern in erster Linie daran, dass es uns gut gehen *soll*. Historisch gedacht: Wenn es uns gut geht, dann werden wir schon etwas richtig gemacht haben. Nochmal anders, metaphysisch: Uns geht es gut, weil es *richtig* ist, dass es uns gut geht. Die ständige Suche nach den Ursachen macht einen nur schwach und entscheidungsunfähig. *Was ist, soll.* Die Kraft der Tautologie. Die Dinge müssen in eins fallen, damit nichts übrig bleibt. Der Stolz aufs Existieren, dachte Sebastian. Worauf sonst? Die Menschen sind viel zu wenig stolz. Nicht immer alles mitbedenken. Die Kraft der Grenze. Rechtzeitig zu denken aufhören …

Von diesen tief strudelnden Gespinsten wurde Sebastian in den Schlaf hinabgezogen.

Elisabeth sah Sebastian am nächsten Morgen neben dem Direktor stehen, ganz klein, auf der Bühne im Festsaal. Die Stimmen waren ausgezählt. Sebastian war der Sieger. Vandebore drückte dem neuen Schulsprecher die Hand länger als nötig gewesen wäre, und Sebastian sah zufrieden aus und zugleich verantwortungsbewusst. Tiefe Augenringe ließen Sebastian noch entschlossener wirken als sonst; als hätte Sebastian einiges durchgemacht, viel Gegenwind ausgehalten.

Elisabeth schaute sich unter den Schülern um, in der brodelnden, blubbernden Masse: Es war fast wie in Sebastians Tagtraum (den sie zwar nicht kannte, aber wir halten uns jetzt nicht mehr mit Erzählperspektiven auf, wo's grade so gut läuft): Lauter Berte und Sebastian-Doubles standen da im Publikum und klatschten ihrem Hero zu, einem großen, schlackernden jungen Mann, der mit kantigen Bewegungen vom Podium aus sein Volk dirigierte.

»Stärke durch Disziplin!«, schrie einer der Berte.

»Stärke durch Gemeinheit! Stärke durch Konzentration!«, antwortete ihm schrillend ein zweiter.

Die Sebastians im Publikum sprachen nichts, die lächelten nur und klatschten und fuhren sich zwischendurch mit den Fingern durch das steife Haar, sodass beständig ein Knacken und Bersten im Festsaal zu hören war, aus hundert Richtungen, als breche die ganze Schule auseinander. Der wunderbare Junge dort oben aber trank einen Schluck Mineralwasser. »Danke! Danke!«, rief er und verbeugte sich mehrmals wie Getreide im Wind: »Liebe Freunde, wir müssen alles dichtmachen. Draußen sollen sie verrecken. Damit wir es hier in der Schule schön gemütlich haben. Allerdings: Auch hier drinnen muss es weniger gemütlich werden. Die Faulenzer gehören auf Vordermann gebracht, das ist wichtig, sonst können wir unseren Standard hier nicht halten. Wer nicht spurt, fliegt. Dann kann er draußen mitverrecken. Wir brauchen hässliche Bilder, hässliche Bilder draußen, aber auch hässliche Bilder hier drin, damit der Unterschied zu draußen nicht zu groß ist. Denn nur wenn es hier drin hässlich ist, will auch keiner mehr rein. Dann verrecken sie draußen freiwillig. Drinnen und draußen müssen hässlicher werden, nur so machen wir die Welt ein kleines bisschen schöner …«

Elisabeth stand da und traute ihren Ohren nicht. Eine Schauerlawine überrieselte sie von oben nach unten. Hörte sie recht?

Was war da los? War Sebastians Mikrofon falsch eingestellt? Unauffällig war der Schuldirektor neben Sebastian getreten und tippte sich an die Stirn. Da räusperte sich der neue Schulsprecher und trat einen Schritt zurück. Elisabeth stellte sich auf die Zehenspitzen, um besser sehen zu können. Sie sah, wie sich Sebastian abwandte und seinen Haaransatz betastete. Ein blasses Glühen schien von dort auszustrahlen, ein kleines, eckiges S…

Dann drehte sich Sebastian wieder zum Publikum herum, trank einen neuen Schluck Wasser, lächelte ernst, und dann sprach Sebastian weiter, und diesmal mit Sebastians gewohnter Stimme: »Die Veränderung, die wir brauchen, ist eine spannende Frage, ganz klar, wenn wir an die Spitze wollen, Stillstand überwinden und den Status quo, das ist mir wichtig, entschlossen, ganz bewusst, klares Bekenntnis und Signal, mit einem neuen Stil hundertprozentig, da sind wir uns, glaube ich, alle einig – positiver Schritt nach vorne statt negativer Schritt nach hinten, dafür stehen wir: ein mutiger Ansatz, geb ich gern zu, ein ambitionierter Ansatz – aber es liegt auf der Hand, dass wir die Vergangenheit, die nicht unsere ist, überwinden und mit gesundem Geschichtsbewusstsein das Richtige, das das Gegenteil des Falschen ist, tun müssen, nachhaltig, ehrlich, das braucht man, glaube ich, nicht extra zu betonen, da bin ich optimistisch, dies nur zur Klarstellung und um das kurz zu erklären, in einem Satz, aber auch guten Mutes, denn es ist, um es salopp zu sagen, Zeit, danke …«

Elisabeth lauschte mit brausendem Herzen. Ja. Das war jetzt wieder *ihr* Sebastian, der da winkte. *Ihr* Sebastian, der sich geschmeidig wie eine Gliederpuppe von der Bühne schwang, ins Bad in der Menge. Der die Menge durchpflügte wie ein Surfer den fruchtbaren Acker. *Ihr* Sebastian. *Ihr* Held! Und plötzlich

Elisabeth lauschte mit brausendem Herzen. Ja. Das war jetzt wieder ihr Sebastian, der da winkte.

standen sie einander gegenüber. Ihr war zumut, als wären sie inmitten der brodelnden, blubbernden Schülermenge ganz unter sich, nur zu zweit. Wortlos legten sie einander die Hände auf die Schultern und blickten in des jeweils anderen Gesicht hinein, Sebastian in Elisabeths, Elisabeth in Sebastians, beide fanden sie ihre geheimsten Träume tief in den Augen des anderen begraben, es war, als läsen sie in den gegnerischen Pupillen die wunderbare Geschichte vom neuen Stil und der Veränderung um jeden Preis, und kaum hatten sie fertig gelesen, da schmolzen ihre Lippenpaare schon zusammen, der Saal drehte sich und drehte sich wie in einer riesigen Klospülung des Applauses, und sie küssten einander zum allerersten Mal. Und alles war geil.

Jetzt sind wir fertig. Ich weiß schon, es war intellektuell nicht immer befriedigend, geb ich gerne zu, braucht man mir nichts zu erzählen; zum Beispiel kam immer, wenn die Geschichte ins Stocken geriet, einfach ein Lied oder ein Gedicht zur Ablenkung, aber so funktioniert das eben: Man muss eigene Themen setzen und darf sich nicht vom Rausch der Ereignisse beirren lassen, denn dann ist man ein starker Leader durchs eigene Buch, der sich das Heft nicht aus der Hand nehmen lässt.

Im Sinne dessen, was heute etwas unschön »Message-Control« heißt, möchte ich noch hinzufügen, dass sich selbstverständlich jeder gerne zu diesem Buch eine eigene Meinung bilden darf, das ist völlig in Ordnung, und schön wäre es, wenn dabei die Begriffe »frisch«, »neu«, »ungewöhnlich«, »jung«, »frech« und »mutig« vorkommen würden, die selbstverständlich von allen Lesern und Leserinnen gemeinfrei zu verwenden sind. Man könnte auch darauf aufmerksam machen, dass dies Buch ein Kunstwerk ist, ergo rein erbaulich und wirkungslos, nichts als unschuldige Buchstaben, und dass an keiner Stelle zum Widerstand gegen irgendetwas oder gar zur Gewalt aufgerufen wird; *the pen is not mightier than the sword*, und ein Buch ist keine Waffe, auch wenn man es theoretisch fest in beide Hände nehmen und bestimmten Persönlichkeiten des öffentlichen Lebens mit aller Wucht über den ██████ ziehen könnte, zum Beispiel beim »Tag der offenen Tür« am 26. Oktober (auch dies ist übrigens kein Gewaltaufruf, sondern mindestens so harmlos wie der Satz des Herrn Klubobmanns Gudenus vom »Knüppel aus dem Sack«).

Dann heißt es jetzt also Abschied nehmen! Abschied von den vielen lieben Schülerinnen und Schülern, die in diesem Buch zurückbleiben, und euch, Liebeleserinnenliebeleser, nachwinken, mit einer kleinen Träne im Schneuztuch und Dankbarkeit im Herzen. Good bye, Sebastian! Ciao, Elisabeth! Mach's gut, Gernot! Au revoir, Efgani und Professor Koffner und Gudrun und all ihr anderen frei erfundenen Figuren, und ruhe in Frieden, grässlicher Doktor Wolfgang Sobotka, nein, wie heißt er auf Deutsch: Doktor Wolfgang Samstag!

Aber seid nicht traurig, liebe Leserkinder! Es gibt Trost! Denn wenn ihr in Österreich wohnt, dann könnt ihr ähnliche Gestalten wie in diesem Roman ganz *in real life*, I.R.L., erleben, könnt euch mit ihnen auf Facebook und Tripper befreunden, ihnen dort »folgen« oder wie das heißt, und wenn ihr sie kräftig supportet, dann werden sie gewiss langelange in der Öffentlichkeit stehen, viele Jahre, vielleicht zehn oder zwanzig, wäre das nicht herrlich? Dann werden die kleinen Tunichtgute bestimmt irgendwann auch erwachsen werden, vielleicht sogar richtig sprechen lernen, ihre Verbalhülsen abwerfen wie Schmetterlinge ihr Winterkleid, einmal ein richtiges Buch lesen statt immer nur Whatsapp-Briefings, ihr Studium abschließen und natürlich auch ein Weilchen in der freien Wirtschaft rackern, die sie so sehr lieben.

In der Zwischenzeit wollen wir gut achtgeben, dass ihnen ihre Schule nicht abbrennt. Denn das ist, wie wir aus Paukerfilmen wissen, zwar lustig anzusehen, aber unsere kleinen Freunde hätten dann keine Heimat mehr. Sie müssten in eine andere Schule flüchten oder sogar in ein anderes Land; und wer weiß, ob die dort so eine Freude hätten mit ungelernten Arbeitskräften, die seit Jahren von öffentlichem Geld leben und nicht besonders gut deutsch sprechen.

Die Personen und die Handlung des Romans sind frei erfunden.
Etwaige Ähnlichkeiten mit tatsächlichen Begebenheiten oder
lebenden oder verstorbenen Personen wären rein zufällig.
Illustrationen: Leo Riegel
Umschlag: Jörg Vogeltanz, vogeltanz.at
Druck und Bindung: finidr.cz/de
© Milena Verlag 2018
© 2. Auflage, Milena Verlag 2019
A–1080 Wien, Wickenburggasse 21/1–2
ALLE RECHTE VORBEHALTEN
www.milena-verlag.at
ISBN 978-3-903184-25-1

★ Weitere Titel und unser Gesamtverzeichnis
finden Sie auf milena-verlag.at ★